Fröhliche Weihnachtszeit

Fröhliche Weihnachtszeit

Humorvolle Geschichten

benno

Bibliografische Information der Deutschen Nationalbibliothek
Die Deutsche Nationalbibliothek verzeichnet diese Publikation in der Deutschen Nationalbibliografie; detaillierte bibliografische Daten sind im Internet über http://dnb.d-nb.de abrufbar.

ISBN 978-3-7462-3799-2

Zusammengestellt von Volker Bauch, Leipzig
Umschlaggestaltung: Ulrike Vetter, Leipzig
Gesamtherstellung: Kontext, Lemsel (A)

Inhalt

Freude im Advent

Aufregende Tage vor dem großen Fest

Christbaums Freud und Leid

Wahre Freude

Freude im Advent

Ankunft in 24 Minuten

„Ankunft in 24 Minuten." Sagt der Navi. Eigentlich ja *das* Navi. Neutrum. Ein satellitengesteuertes Ortungs-Programm mit Straßenkarten-Display und erotischer Frauenstimme.
„Wer's glaubt, wird selig", brummt Wolf-Rüdiger grimmig.
Er biegt auf die Bundesstraße ein und stellt den Scheibenwischer schneller. Schneeregen. Matschwetter. Zwei Baustellen stehen ihm noch bevor.
Vermutlich auch Umleitungen wegen der Weihnachtsmärkte in den zwei Dörfern auf dem Weg. Außerdem ist es Freitagspätnachmittag. „24 Minuten", pah! Soll man das glauben?
Sein Patenkind Frederike spielt um halb acht einen Engel. Im Gemeindehaus der übernächsten Stadt. Ausgerechnet heute ist es länger geworden im Büro. Erst streikte der Drucker, dann gab es Rückfragen, was will man machen.
„Noch 24 Tage bis Heiligabend, dann haben Sie Ihr Ziel erreicht."
Wolf-Rüdiger reibt sich mit Daumen und Zeigefinger die Augen. Hat der Navi, also das Navi, eben „Heiligabend" gesagt? Nie im Leben. Ich bin völlig überarbei-

tet, denkt Wolf-Rüdiger, ich bin überdreht und müde. Höre schon Stimmen, meine Güte.

Früher, als man noch Straßenkarten benutzte, hatte seine Frau Roswitha auf dem Beifahrersitz den Autoatlas immer rumgedreht. Weil Ziele, die eine Frau anstrebt, „oben“ sein müssen. Also jetzt nicht moralisch, sondern mehr so hirnphysiologisch gemeint. Frauen wollen nach „oben“. Auf jeden Fall. Auch auf der A 5, wenn man Richtung Basel fährt.

Heute macht dieses Rumdrehen ein Display. Freiburg im äußersten Südwesten Deutschlands ist rechts oben. Und Berlin ist links unten. Wenn man nach Freiburg fährt. Jetzt mal von sich aus gesehen. In dieser seiner streng subjektivistischen Weltsicht ist das Navigationsgerät eigentlich weiblich.

Müsste also *die* Navi heißen. Sagt aber keiner. Besitzt ein Mann wie Wolf-Rüdiger noch einen Rest Geographiekenntnisse – Geographie, liebe Kinder, das ist, wenn man weiß, dass Dänemark oben und Österreich unten ist – dann muss der Mann umdenken. Radikal umdenken.

Da! Die erste der befürchteten Baustellen-Ampeln.

So ein Navi ist wie der Pfarrer auf der Kanzel, denkt Wolf-Rüdiger:

Kriegt die Signale von ganz oben. Erwartet einfach, dass man seine Anweisungen befolgt. Behauptet Dinge, die der persönlichen Erfahrung widersprechen. Und manchmal sogar der konkreten Realität. Und provoziert dauernd die Frage: Soll man das glauben?!

„Ankunft Gottes als Mensch auf der Welt in 24 Tagen.“ Hat er das jetzt nur gedacht oder tatsächlich akustisch gehört? Wolf-Rüdiger starrt verwirrt aufs Display, prüft dann im Innenspiegel seine nervös geröteten Augen und verpasst dadurch beinah die Grünphase. Hinter ihm hupt es.

Umdenken, geht es Wolf-Rüdiger durch den Kopf. Radikal umdenken.

Natürlich kommt Jesus nicht erst an Heiligabend auf die Welt und verschwindet an Himmelfahrt wieder … nee nee. Der Kalender des Kirchenjahres erinnert lediglich daran, dass jedes einzelne Menschenleben und die Welt als Ganzes auf ein Ziel zusteuern. Und dass niemand weiß, wie viel Zeit ihm noch bleibt.

„Wenn Sie nur noch 24 Tage zu leben hätten …"

Wolf-Rüdiger zuckt zusammen. Können diese kleinen Tyrannen jetzt schon Gedanken lesen? Es gibt Navis mit Sprachsteuerung, ja, aber … . So fängt wahrscheinlich ein Burnout-Syndrom an. Wenn ich nur noch 24 Tage zu leben hätte, würde ich nicht freitagabends in einem Feierabendstau stehen! Sondern, ja, was eigentlich?

Der kleinen Frederike weise Vorträge halten? Fotos sortieren, versöhnliche Briefe schreiben, alte Freunde aufsuchen und die Verwandten zu einem Abschiedsessen einladen? Mein Testament machen, Bücher und Bargeld verschenken, Meditationskurse belegen, beten und singen?

Wolf-Rüdiger drückt auf den Schalter über dem Türgriff, lässt die Seitenscheibe ein Stück herunter und atmet die feuchte Winterluft ein.

Tief durchatmen, gaaanz tief durchatmen. Und logisch denken:

Ob Gott auf mich zukommt oder ich mich mit jedem

Tag verbrauchter Lebenszeit auf ihn zu bewege, ist nur eine Frage der Perspektive. So gesehen ist das ganze Leben ein einziger Advent. Die Zeitspanne nämlich, in der ich auf eine Begegnung mit Gott zusteuere. Aber diese Begegnung muss doch nicht erst stattfinden, wenn ich sterbe, oder?

Hat man weniger Angst vor dem Tod, wenn man Gott schon vorher ein paar Mal begegnet ist?

Wolf-Rüdiger schließt das Fenster wieder und wischt sich die Regentropfen von der linken Schulter.

„Neuberechnung. Neuberechnung."

Aha. Seine neunmalkluge Mutti im Armaturenbrett hat die Umleitung um den Weihnachtsmarkt im nächsten Ort gecheckt. Soll er ihr vertrauen, obwohl er die Nebenstrecke nicht kennt? Wie oft hat er schon regelrechte Machtkämpfe mit ihr ausgefochten! Ja, die Navi wies ihm den kürzesten Weg nach Hause. Aber dass es 600 Meter raufging und dort oben Nebel und Glatteis herrschten, wusste sie nicht. Ja, geradeaus ging die Goethestraße weiter. Aber als Fußgängerzone. Mit Treppenstufen vorne dran. Und die abknickende Vorfahrt hieß Gotenstraße.

Wolf-Rüdiger ist nicht der Typ für „blinden" Gehorsam. Nicht im Auto und nicht in der Kirche. Einen Rest gesunde Skepsis hat er sich immer erhalten, Navis und Pfarrern gegenüber jedenfalls. Man muss schon mal aus dem Fenster schauen und selber denken. Oder mit der Beifahrerin reden. Säße jetzt Roswitha neben ihm, könnte er das. Mit dem Navi dagegen ist nicht zu reden. Auch mit Sprachsteuerung nicht. Der/die/das Navi fordert immer nur Gehorsam. Und ist hinterher nicht mal

Schuld, wenn die Umleitungsstrecke über unbefestigte Forstwege verlief.
Er hat schon Predigten gehört und Lieder gesungen, erinnert sich Wolf-Rüdiger, die stellten Gott genau so dar: Blinden Gehorsam fordernd, immer im Recht, nie zur Verantwortung zu ziehen. Je angestrengter und erschöpfter der dumme kleine Mensch mit den Widrigkeiten seiner Lebensumstände kämpft, umso triumphaler erhebt sich der Himmelsherrscher über ihn. Je winterlicher und dunkler die Verhältnisse seiner orientierungslosen Geschöpfe sind, desto majestätisch glänzender strahlt der Schöpfer. Wolf-Rüdiger fand das nie „herrlich". Sondern immer nur herrisch.
Also gut. Ich werde der Umleitungsempfehlung Folge leisten, denkt Wolf-Rüdiger. Was soll's. Eine ganze Stuhlreihe genervter Zuschauer wird aufstehen müssen, Frederike wird enttäuscht sein, ihre Eltern werden vorwurfsvoll dreinschauen, und Roswitha, seine Frau, wird „typisch!" zischeln. Eine letzte Chance, rechtzeitig zum Krippenspiel zu kommen, gibt es nur, wenn der Pfarrer eine lange Einleitungsrede hält.
Wolf-Rüdiger schaltet runter, blinkt nach links, lässt den Gegenverkehr durch und biegt in die Nebenstrecke ein.
„Na?" Erwartungsvoll schaut er aufs Display. Sein Navi schweigt.
„Was ist?! Ich tue, was du sagst, merkst du das eigentlich? Könntest mich ja ruhig mal ein bisschen loben."
Mein Gott, jetzt rede ich schon mit einem Gerät …
Die Umleitung ist eine überraschend breit ausgebaute Umgehungsstraße. Nagelneu. Es muss Jahre her sein, dass er das letzte Mal diese Strecke fuhr. Wolf-Rüdiger

gibt Gas, schnurgerade bergab, rast mit knapp 110 km/h am Ortsschild vorbei und wird prompt geblitzt. Egal.
„Ankunft am Ziel auf der linken Seite."
Schau an, Frau Oberlehrerin hat die Sprache wiedergefunden. Er stellt den Wagen vor dem Gemeindehaus auf einen gebührenpflichtigen Parkstreifen und legt den Kassenbon vom Getränkemarkt unter die Windschutzscheibe.
„Sie haben Ihr Ziel erreicht", sagt der/die/das Navi.
Wolf-Rüdiger schnallt sich ab und schaut auf die Uhr.
„In exakt 24 Minuten", nickt er. „Aber woher wusstest du, dass ich fahren würde wie eine gesengte Sau?"
Drinnen beginnt der Pfarrer gerade mit einer langen Einleitungsrede.
Frederike auf der Bühne, im Engelskostüm, strahlt ihren Patenonkel an. Wolf-Rüdiger kommen schier die Tränen. Ihre Eltern freuen sich, Roswitha begrüßt ihren Mann mit einer heftigen Umarmung und einen Kuss auf den Mund.
„Wie hast du das denn geschafft?!"
„Einfach mehr vertrauen. Mehr darauf vertrauen, dass Gott menschlich ist.
Darum geht's doch im Advent, oder?"
Die beiden setzen sich.
Der ist ja völlig überarbeitet, denkt sie.

Andreas Malessa

Als die Großmutter mit dem Nikolaus sprach

Die Großmutter war klein und zart, und sie kam mir uralt vor. Das lag nicht an ihren Runzeln oder ihrem Haar mit den weißen Strähnen. Es waren die Kleider, die sie trug: immer dunkel und ganz altmodisch geschnitten. Sie hatte auch stets eine schwarze Schürze umgebunden, sogar sonntags. Die Schürze vom Sonntag war aus Seide, und sie knisterte.

Jedes Jahr Anfang Dezember kam die Großmutter angereist. Sie blieb den Winter über bei uns in der Stadt. Wenn Großmutter kam, begann für mich die Weihnachtszeit.

An den dämmrigen Winternachmittagen hockten wir zusammen im Wohnzimmer vor dem Kachelofen. Der Kachelofen war groß und grün und gemütlich warm. In den anderen Zimmern standen nur eiserne Öfen, die wurden nicht immer geheizt. Der Kachelofen hatte ein Türchen, hinter dem sich eine Nische mit einer kleinen Eisenplatte befand. Auf dieser Platte konnten wir Äpfel braten. Während sie schmorten und ihr Duft durchs Zimmer zog, las mir die Großmutter vor. Wir bastelten auch Weihnachtsgeschenke zusammen.

Unser Lieblingsspiel aber war: „Wir reisen nach Betlehem." Das spielten wir jedes Jahr. Es ging über viele Tage, vielleicht sogar Wochen, und hat die ganze Wohnung auf den Kopf gestellt.
Wenn wir die Ausrüstung für die Reise zusammensuchten, war nichts vor uns sicher. Wir brauchten Betttücher für unsere Zelte – denn wo sollten wir auf der langen Reise ins Heilige Land sonst schlafen? Wir brauchten Kisten und Kartons, aus denen wir uns ein Schiff bauen wollten – wie sollten wir sonst das Mittelmeer überqueren? Wir brauchten Stühle und Decken, um Lasttiere zu machen, auf denen wir reiten konnten und die unser Gepäck trugen.
In dieser Zeit vermisste mein Vater ständig etwas: seinen Hammer, die Zange, Nägel oder die Rolle mit dem Bindfaden. Einmal behauptete er, jetzt sei sogar ein Fahrradschlauch verschwunden. Das stimmte. Den brauchten wir nämlich dringend für unseren Wasservorrat. Unser Weg führte ja durch die Wüste, und dort müssen die Reisenden bekanntlich verdursten, wenn sie nicht genug Wasser haben.
Es wurde jedes Mal eine lange Fahrt mit vielen Abenteuern. Auf dem Landweg hatten wir Kämpfe mit Räubern und wilden Tieren zu bestehen. Auf dem Meer kamen wir in Stürme, bei denen unser Schiff beinahe unterging. Einmal habe ich die Großmutter gerade noch im letzten Augenblick am Rock festgehalten, sonst wäre sie über Bord gespült worden. Aber wir kamen jedes Mal wohlbehalten in Bethlehem an. Und wie durch ein Wunder immer genau am 24. Dezember!
Auch sonst geschahen geheimnisvolle Dinge, wenn die

Großmutter bei uns war. Einmal, als ich ins Bett gehen wollte, fand ich Goldstaub auf meinem Kopfkissen. Goldstaub! Woher kommt denn Goldstaub? Doch nur von einem Engelsflügel! Es musste also ein Engel über mein Bett geflogen sein.

Als ich die Großmutter danach fragte, lächelte sie, aber sie gab keine Antwort.

Dann, eines Morgens, hing ein Stern an einem durchsichtigen Faden von der Decke herab. Niemand wusste, wer ihn aufgehängt hatte. Auch wie die winzige Krippe in der Nussschale zwischen meine Buntstifte geraten war, konnte keiner erklären.

Das Wunderbarste aber war Großmutters Bekanntschaft mit dem heiligen Nikolaus. Sie kannte ihn wirklich. Das weiß ich genau. Ich habe selbst erlebt, wie er mit ihr sprach, damals im Stadtpark.

Ich habe schon gesagt, dass die Großmutter altmodisch war. Aber nicht nur altmodisch in ihrer Kleidung, auch sonst. Sie redete oft von den Zeiten, in denen alles knapp gewesen war, und sie fand, die Leute sollten sparsamer mit dem Geld und den Sachen umgehen. Großmutter tat das. Deshalb wollte sie auch den dürren Ast mitnehmen, der im Stadtpark auf dem Weg lag.

„Der ist noch gut für den Ofen“, sagte sie. „Heb ihn bitte auf!“

Aber ich wollte nicht. „Nein!“ sagte ich. Und als sie versuchte, den Ast selbst aufzuheben, zog ich sie fort. „Wir schleppen kein Holz nach Hause. Bei uns wird das geliefert.“

Damals wusste ich nicht, warum ich so patzig mit der Großmutter sprach. Aber jetzt glaube ich, es war wegen

der Leute, die vorübergingen. Die sollten nicht denken, wir müssten unser Holz selber sammeln.
Die Großmutter zögerte. Ich merkte ihr an, dass sie nicht wusste, was sie jetzt tun sollte.
Plötzlich stand ein alter Mann vor uns. Wie hergezaubert stand er da. Groß und sehr würdig, mit einem weißen Bart und blitzenden Augen.
Der Fremde bückte sich, hob das Holz auf und reichte es der Großmutter.
„Bitte sehr, meine verehrte gnädige Frau", sagte er mit einer leichten Verbeugung. Seine Stimme klang tief und voll.
Mich durchzuckte es, als wäre ein Blitz in mich hineingefahren. Diese Stimme! Diese Augen. Dieser lange weiße Bart. Das konnte nur – das war bestimmt … Ich wagte nicht weiterzudenken.
‚Meine verehrte gnädige Frau', hatte er zur Großmutter gesagt. Er hatte sich vor ihr verbeugt, und die Großmutter hatte ihn angelächelt und ihm gedankt.
Und dann war er verschwunden. Genauso plötzlich, wie er gekommen war.
Auf dem Heimweg brachte ich kein Wort heraus. Ich stolperte über Bordsteine und Kanaldeckel, und in mir war alles durcheinander. – Jetzt hat er's gesehen, dachte ich. Jetzt weiß er, wie ich manchmal bin.
Die Großmutter ging still neben mir her. Der dürre Ast schleifte auf dem Boden. Unter der Haustür hielt ich's nicht mehr aus. Ich drückte mein Gesicht in Großmutters Mantelfalten und heulte los.
Die Großmutter ließ mich heulen. Sie tat nichts, um mich zu trösten, und ich dachte: Jetzt wird sie immer

und ewig böse auf mich sein, und dieser fremde Mann im Park auch.

Aber dann merkte ich, dass sie sich zu mir herunterbeugte. Ich spürte ihren warmen Atem in meinem Haar, und ich hörte, dass sie ganz leise zu mir sprach. Was sie sagte, verstand ich nicht, weil ich noch immer heftig schluchzen musste. Ich konnte gar nicht aufhören. Da schob Großmutter mich ein wenig von sich und fragte: „Willst du ihn vielleicht hinauftragen? Er ist mir fast zu schwer."

Ich wusste natürlich sofort, dass sie den Ast meinte, und einen Augenblick hielt ich die Luft an. Dann kramte ich ein Taschentuch hervor und schnäuzte die Tränen aus der Nase.

„Gib her!" sagte ich, packte den dürren Ast und polterte damit die Treppe hinauf. Wir warfen ihn gleich in den Kachelofen, und ich hörte, wie er knackte und knisterte.

Ob er weiß, dass ich ihn hochgetragen hab? überlegte ich.

Die Großmutter nickte mir zu und lachte. Da wusste ich, dass alles wieder gut war.

Tilde Michels

Wie der heilige Nikolaus die Mitra erfunden hat

Meist waren Himmel und Meer von Myra tief blau. Die kleine Hafenstadt in der geschützten Bucht an der Küste Kleinasiens bot mit ihren weißen Häusern ein Bild des Friedens. Doch in diesem Jahr hatten die langen wolkenlosen Monate das Trinkwasser in dem malerischen Städtchen knapp werden lassen. Was aber noch schlimmer war: Die gesamte Getreideernte auf den umliegenden Feldern war aufgrund der großen Dürre völlig ausgefallen. Seit Wochen gab es kein Brot mehr und die Leute litten Hunger.

Der Bischof von Myra mit dem schönen Namen Nikolaus war sehr besorgt um die Menschen seiner Stadt. Er hatte mit den Bauern der Umgebung verhandelt und die letzten Reserven Getreide in die Stadt bringen lassen, damit vor allem die Kinder nicht vor Hunger sterben müssen. Doch nun waren auch diese Vorräte aufgebraucht.

An einem milden Abend ging Nikolaus durch die engen Gassen der Stadt. Er hörte, wie in den Häusern die Kinder weinten und die Mütter und Väter vor Kummer seufzten. Es brach dem Bischof schier das Herz und er beschloss seinen Rundgang in der kleinen Kirche von Myra, wo er Gott die Not der Stadt klagte.

Am nächsten Morgen hatte sich das gewohnte Blau des Himmels in ein trübes Grau verwandelt. Ein Sturm kam auf und bald setzte ein heftiger Regen ein. Endlich gab es wieder frisches Wasser, aber an Getreide fehlte es immer noch.

Nikolaus feierte in der Kirche von Myra einen Dankgottesdienst, da hörte er laute Stimmen durch die Gassen rufen: „Ein Schiff! Ein Schiff!" Schnell eilte Nikolaus mit seinem langen weißen Gewand bekleidet zum Hafen hinunter, den Hirtenstab in der Hand. Tatsächlich: Ein mächtiges Schiff näherte sich der Hafeneinfahrt. Das war ungewöhnlich, denn die großen Handelsschiffe steuerten die Bucht von Myra normalerweise nicht an. Der Kapitän dieses Schiffes aber suchte anscheinend einen sicheren Ankerplatz, weil draußen immer noch ein heftiger Seesturm tobte.

Nikolaus ließ sich zum Schiff rudern, das schwer mit Getreide beladen war und einem reichen Kaufmann aus Konstantinopel gehörte. Dieser schaute auf den Mann mit dem langen weißen Gewand und dem Stab in der Hand verächtlich herab. Nikolaus aber sprach ihn ruhig an:

„Die Bewohner der Stadt Myra sind Christen und ich bin ihr Bischof, das ist so etwas wie ein Hirte. Ich bitte dich, uns Getreide zu verkaufen, da die Bewohner der Stadt schon seit Wochen an Hunger leiden."

Der Kaufmann blieb ungerührt.

„Deine Religion interessiert mich nicht. Mich interessiert nur eines: Habt ihr Gold? Du weißt, dass in diesem Jahr aufgrund der schlechten Ernten Getreide sehr wertvoll ist. Ich habe bestes Korn aus Ägypten an Bord

und werde dafür in Konstantinopel einen hohen Preis erzielen. Wie viel Gold kannst du mir bieten?"
Nikolaus runzelte die Stirn und antwortete:
„Man sollte aus der Not anderer keinen Gewinn ziehen. Aber ich will sehen, was wir an Gold zusammentragen können."
Als der Bischof eine Stunde später wieder auf dem Schiff erschien, konnte er nur eine kleine Schatulle mit wenigen Münzen und etwas Goldschmuck anbieten. Die Bewohner der Stadt hatten den größten Teil ihrer Wertsachen schon an die Bauern der Umgebung abgegeben, um dafür Getreide zu erhalten. Als der Händler das wenige Geld sah, lachte er laut auf.
„Der Preis für Weizen ist in diesem Jahr sehr hoch. Für diese kleine Menge an Gold kann ich dir nur drei, vier Säcke Getreide geben."
Nikolaus schaute dem Kaufmann ruhig ins Gesicht.
„Denk an die Kinder!"
Der Kaufmann aber brummte: „Und wer denkt an mich?"
Nach kurzem Schweigen machte er Nikolaus einen Vorschlag.
„Also gut. Ich nehme das bisschen Gold, das du mir anbietest. Dafür darfst du morgen den ganzen Tag über Getreide entladen. Siehst du die Luke hier? Wenn dein Boot unterhalb der Luke festgemacht wird, kannst du den Weizen aus der Luke heraus in das Boot schütten."
Nikolaus atmete schon auf, aber der Kaufmann hatte noch nicht geendet.
„Doch nur unter einer Bedingung: Du darfst kein Schöpfgefäß in den Laderaum mitnehmen."

Nikolaus verzog das Gesicht.
„Ich darf das Getreide also nur mit meinen Händen ins Boot schütten?"
„Du hast einen ganzen Tag Zeit, vom Sonnenaufgang bis zum Untergang. Das ist mein letztes Angebot." Der Kaufmann lächelte eisig.
Die Augen des Bischofs blitzen kurz auf. Dann frage Nikolaus mit ruhiger Stimme:
„Darf ich in meiner Amtskleidung als Bischof kommen?"
Der Kaufmann wandte sich an den Steuermann seines Schiffes und fragte im Flüsterton:
„Weißt du, wie ein Bischof gekleidet ist?"
Der Steuermann nickte. „Das weiße Gewand und der Stab, das ist alles."
Der reiche Händler aus Konstantinopel wandte sich wieder an Bischof Nikolaus.
„Das Geschäft ist abgemacht. Ich behalte das Gold – und du kannst morgen von Sonnenaufgang an Getreide entladen."
Als Nikolaus wieder an Land war, ging er als erstes zum Schmied und schaute sich in dessen Werkstatt um. Er griff nach den Eimern, die aus dünnem Kupfer gehämmert waren.
„Kannst du mir daraus eine Kopfbedeckung machen?"
Der Schmied starrte den Bischof ungläubig an.
„Ich brauche einen Hut! Bitte bearbeite den Eimer so, dass er mir nicht mehr über den Kopf rutschen kann."
Mit ein paar gezielten Hammerschlägen hatte der Schmied für Nikolaus einen merkwürdigen Hut angefertigt, der ihm genau auf den Kopf passte und nach oben spitz zulief.

Nikolaus setzte den Hut auf und ließ sich von der Frau des Schmieds einen Bronzespiegel bringen. Als er sich mit dem sonderbaren Ungetüm auf dem Kopf erblickte, konnte er sich vor Lachen kaum halten und auch der Schmied und seine Frau amüsierten sich köstlich.
„Was hast du vor, Nikolaus?“ wollte der Schmied wissen.
„Ich brauche eine neue Amtskleidung als Bischof. Bisher gibt es nur das weiße Gewand und den Hirtenstab. Aber es braucht doch auch eine besondere Kopfbedekkung!“
„Ich werde diesen ulkigen Hut mit feinem Stoff umhüllen“, schlug die Frau des Schmieds vor. „Dann siehst du darin vornehmer aus als mit einem Blecheimer auf dem Kopf.“
Wieder mussten die drei herzhaft lachen. Dann machte sich die Frau des Schmieds an die Arbeit.
Am nächsten Morgen zog Nikolaus kurz vor Sonnenaufgang in seiner neuen Amtskleidung durch die Straßen. Die Leute lachten über den merkwürdige Form des Hutes, der nun mit goldgelbem Seidenstoff bezogen war, auf dem ein rotes Kreuz leuchtete. Nikolaus musste zunächst auch grinsen, dann aber schärfte er den Bewohnern von Myra ein, dass sie ihn mit ernster Miene zum Schiff begleiten sollten.
Der Kaufmann staunte nicht schlecht, als Nikolaus mit Gewand, Stab und Hut sein Schiff betrat. Er warf dem Steuermann einen fragenden Blick zu, doch der zuckte nur mit den Schultern. Der reiche Getreidehändler schaute etwas argwöhnisch auf die eigentümliche Kopfbedeckung des Bischofs. Doch dann war er beruhigt,

denn ein Hut aus dünnem Seidenstoff konnte sicher nicht als Schöpfgefäß benutzt werden.
Nikolaus stieg in den Laderaum hinab, die Luke wurde geöffnet und ein Boot mit einem großen Bottich fuhr direkt unter die Luke. In diesem Augenblick fielen die ersten Sonnenstrahlen auf das Schiff und die Leute am Ufer riefen laut: „Nikolaus! Nikolaus!"
Wenig später schon rieselte eine große Menge Getreide aus der Luke in den Bottich. Und wieder eine. Der Kaufmann erbleichte. Das war viel, viel mehr, als man mit beiden Händen schöpfen konnte. Wenige Minuten später war der Bottich gefüllt und das nächste Boot fuhr unter die Luke des Schiffes.
Boot um Boot wurde gefüllt und um die Mittagszeit standen schon viele gefüllte Getreidesäcke im Hafen von Myra. Doch Bischof Nikolaus schien nicht zu ermüden. Ohne Unterbrechung schöpfte er mit seinem Eimer-Hut Getreide und schüttete es in die Bottiche der Boote. Als die Sonne unterging, war so viel Getreide an Land gebracht worden, dass die Bevölkerung der kleinen Stadt für viele Wochen mit Brot versorgt werden konnte.
Nikolaus stieg an Deck und ging auf den Kaufmann zu. Mit dem Hut auf dem Kopf und dem Hirtenstab in seiner Rechten hatte er trotz seines staubigen Gewandes ein würdevolles Aussehen. Der Kaufmann knirschte mit den Zähnen.
„Ich habe ein schlechtes Geschäft gemacht! Aber du, du hast dir heute eine große Geldsumme verdient!"
Nikolaus schaute den Kaufmann verständnislos an. Dieser fuhr fort:

„Was lässt du dir denn für ein Pfund Getreide bezahlen?“
„Ich lasse mir gar nichts bezahlen! Ich bin der Bischof dieser Menschen. Wenn ich ihnen helfe, dann ist das für mich so etwas wie ein Gottesdienst.“
„Ein Gottesdienst? Was ist das für ein Gott, an den du glaubst?“
„Wir glauben an Jesus Christus. Er war ein Freund der Armen und der Sünder. Er hat den Hungernden zu essen gegeben, ohne dafür Geld zu nehmen. Er hat Menschen geheilt, ohne Bezahlung. Dadurch hat er uns gezeigt, dass Gott der Freund aller Menschen ist. Wir versuchen daher, uns als Freunde zu behandeln. Und von Freunden nimmt man doch kein Geld, wenn sie einem in der Not helfen.“
Bischof Nikolaus schaute dem Kaufmann tief in die Augen.
„Hast du Freunde?“
Der Händler senkte seinen Blick.
„Ich habe Gold, Schiffe und große Häuser. Aber ob ich Freunde habe ...“
Nikolaus drückte dem Kaufmann zum Abschied lange die Hand.
„Wenn du wieder durch diese Gewässer segelst, besuche mich! Du bist mir willkommen – auch wenn du kein Getreide an Bord hast.“
Als das Schiff aufs offene Meer hinaus segelte, schaute Nikolaus ihm noch lange nach. Dann ging er zum Schmied, um sich für dessen Hilfe zu bedanken. In den Gassen der Stadt duftete es nach frischem Brot und aus den Häusern drangen fröhliche Kinderstimmen nach draußen.

Nikolaus ließ sich vom Schmied gerne zum Essen einladen. Plötzlich waren vor der Haustür laute Rufe zu hören. Die Menschen von Myra hatten sich auf dem kleinen Platz draußen versammelt, um Nikolaus zu danken.
„Hoch lebe unser Bischof Nikolaus!“, „Dank dir, Nikolaus!“, „Du hilfst uns - mit Rat und Tat!“, so tönten die Stimmen durcheinander.
Nikolaus stand auf, nahm seinen Stab zur Hand und wollte hinausgehen. Die Frau des Schmieds eilte ihm hinterher, mit dem Eimer-Hut in der Hand.
„Den musst du jetzt immer aufsetzen!“, lachte sie.
Nikolaus schüttelte den Kopf.
„Doch!“, meinte jetzt auch der Schmied. „Aber wir brauchen noch einen Namen für diesen lustigen Hut.“
Die Sprechchöre draußen wurden immer lauter.
„Nikolaus, mit Rat und Tat! Mit Rat und Tat! Mit Ra...“
„Das ist doch ein schöner Name“, lachte Nikolaus und trat vor die Tür. „Mit-ra!“
So hat also der gute Bischof Nikolaus von Myra vor vielen Jahrhunderten die Mitra erfunden. Und bis heute erinnern die hohen Hüte der Bischöfe daran, dass wahre Größe darin besteht, sich für das Leben der kleinen Leute einzusetzen und ihnen mit Rat und Tat zu helfen.

Andreas Knapp

Niklas

7. Dezember. Das Leuchtsignal zum Gurtanlegen erlosch, als das Flugzeug die vorgeschriebene Höhe erreicht hatte. Der Flug von Hamburg nach München hatte gutes Wetter. Karolin warf einen kurzen Blick aus einem der Fenster und freute sich über den blauen Himmel. Nach dem ersten Wintereinbruch mit heftigem Schneefall Anfang des Monats war es wieder wärmer geworden und die dichten Wolken hatten sich verzogen, Nachts war es zwar bitterkalt und frostig, doch für den Tag hatte die Wettervorhersage sieben bis acht Grad angekündigt. Allerdings nicht für München – dort erwarteten sie Regen und mildere Temperaturen.
Nicht gerade das beste Dezemberwetter, dachte Karolin und wandte sich wieder ihren Pflichten zu.
Sie schob den Wagen mit den Getränken durch den schmalen Mittelgang und fragte die Passagiere nach ihren Wünschen, suchte das Entsprechende heraus und schenkte ein. Das Flugzeug war voll besetzt an diesem Mittwochmorgen, hauptsächlich mit Geschäftsreisenden, die schnell von Norden nach Süden kommen wollten. Die meisten nahmen sie kaum zur Kenntnis, weil sie mit ihrer Arbeit beschäftigt waren. Unzählige Laptops summten vor sich hin, Tastaturen klackerten, wo eifrig getippt wurde, etliche Passagiere wollten überhaupt nichts

trinken und nur ihre Ruhe. So fiel es Karolin zunächst nicht besonders auf, als der Mann auf dem Sitz 12 C sie weder anlächelte noch ihr einen guten Morgen zurückwünschte, im Grunde noch nicht einmal von seiner Lektüre aufsah, um seine Tasse Kaffee in Empfang zu nehmen. Er saß direkt am Gang. Karolin war sich sicher, dass sie ihn überhaupt nicht berührt hatte, trotzdem fuhr er hoch, als sie ihren Wagen weiterschieben wollte.

„Können Sie nicht aufpassen!“, meinte er verärgert und starrte entsetzt auf die Bescherung. Er hatte sich Kaffee auf das weiße Hemd, seine Hose und die Wirtschaftszeitung geschüttet. Karolin wusste, was von ihr erwartet wurde, auch wenn sie nicht schuld an dem Malheur war. Sie war lange genug Flugbegleiterin und geschult im Umgang mit schwierigen Passagieren.

„Es tut mir schrecklich leid. Warten Sie, ich gebe Ihnen etwas, um sich zu reinigen.“ Sie zog aus ihrem Wagen ein eigens für diese Zwecke bereitgehaltenes feuchtes Tuch hervor und reichte es dem Mann.

Der Fluggast riss es ihr förmlich aus der Hand und begann, seine Hose abzureiben.

„Möchten Sie einen frischen Kaffee oder eine andere Zeitung?“, erkundigte Karolin sich freundlich.

„Sie haben ja Nerven …“, entfuhr es dem Mann, und zum ersten Mal sah er hoch und begegnete Karolins Blick. Er verstummte und starrte sie an.

„Kann ich Ihnen etwas anderes bringen?“, fragte Karolin weiter und wartete auf eine Antwort. Der Fluggast auf 12 C machte eine ungeduldige Handbewegung zum Zeichen, dass sie ihn endlich in Ruhe lassen sollte. Karolin unterdrückte ein Seufzen und fasste in ein anderes Fach ihres Wagens, um etwas herauszuholen, was sich in solchen Fällen bewährt hatte. Sie drückte dem verdutzten Herrn einen hübsch verpackten Lebkuchen in die Hand und schob den Wagen weiter.

Als sie alle Passagiere bedient hatte, verzog sie sich in die Bordküche und wusch sich die Hände. Zwischenfälle wie mit dem Mann von 12 C ereigneten sich häufig, darüber dachte sie normalerweise nicht mehr lange nach. Ob sie nun schuld war oder nicht, war egal, sie hatte auf jeden Fall den Betroffenen zu besänftigen, sich zu entschuldigen und behilflich zu sein. Sie musste Ersatz anbieten und ein kleines Zeichen ihres guten Willens geben, damit die Fluggäste die Fluglinie in guter Erinnerung behielten. Manche waren sauer, wie vorhin der Passagier von 12 C, andere blieben freundlich und der Überzeugung, dass auch das Personal an Bord nur Menschen waren, zumal es einiges Geschick erforderte, sich in einem fliegenden, engen Flugzeug normal zu bewegen.

Sie wunderte sich, weshalb sie immer noch an den Mann von 12 C dachte. Er wäre ihr vermutlich gar nicht aufgefallen, wenn er sich nicht mit Kaffee bekleckert hätte. Dann hatte er sie auch noch zu Unrecht beschuldigt und sich sehr unfreundlich verhalten. Es sprach eigentlich nichts für ihn. Außer, als er sie angesehen hatte. In seinem Blick hatte zuerst Überraschung gelegen, dann so etwas wie eine Entschuldigung, schließlich Verlegenheit. Da hatte er sie schnell weggewunken. Karolin schielte vorsichtig um die Ecke zur zwölften Reihe. Sie konnte seinen dunklen Haarschopf sehen, aber sonst nichts, weil er wieder in seine Zeitung vertieft war.

Es war höchste Zeit, die Reste und Abfälle einzusam-

meln. Die Passagiere hatten außer Getränken auch Sandwiches bekommen, obwohl die Reisedauer so kurz war. Für das Personal bedeutete das, dass es nicht allzu viel Zeit hatte, um abzuräumen, bevor der Landeanflug begann. Karolin schob den Wagen in den Mittelgang. Sie war nervös, sehr zu ihrem eigenen Erstaunen. Sie fieberte der zwölften Reihe entgegen. Der Mann sah sie nicht an, doch irgendwie spürte sie, dass er sie registrierte.
„Gingen die Flecken raus?", erkundigte sie sich höflich.
„Was meinen Sie?", fragte er zurück und deutete auf sein Hemd.
Karolin sah auf die Stelle, auf die sein Finger zeigte, und nickte.
„Sieht gut aus."
„Finden Sie?" Der Fluggast schien noch immer nicht versöhnt zu sein und sah sie streng an. „Ich werde die ganze Zeit mein Jackett anbehalten müssen. Nicht sehr bequem während einer Sitzung."
„Sie könnten doch sagen, dass Sie eine ungeschickte Stewardess hatten", schlug Karolin lächelnd vor. Sie glaubte nicht, dass er noch immer böse auf sie war. Sie hielt seine gerunzelte Stirn für gespielt. Es war wie ein geheimer Spaß zwischen ihnen beiden.
„Ja, vielleicht tue ich das sogar." Er verzog keine Miene, doch in seinen Augen lag ein verstecktes Zwinkern.
Karolin zog erheitert weiter. Als sie ihre Aufgabe erledigt hatte, richtete sie ihre Uniform und bereitete sich darauf vor, dass sie bald München erreichen würden. Ihre Kolleginnen waren in der Bordküche beschäftigt, und sie nutzte die Gelegenheit, ihre Handtasche hervorzuholen und nach ihrem Lippenstift zu suchen. In

der Tasche steckte der Schokoladennikolaus, den sie am Vortag von einem netten jungen Mann geschenkt bekommen hatte, als Entschuldigung für seinen Zusammenstoß mit ihr. Das hatte sie ganz reizend gefunden und sich gleich vorgenommen, die Süßigkeit ihrem Neffen zu geben, den sie später sehen würde. Karolin freute sich auf den Besuch bei ihrer Schwester, ihrem Patenkind und ihren Eltern. Sie war zwar öfter in München, doch meistens hatte sie keine Zeit für einen längeren Aufenthalt. Dieses Mal konnte sie zwei Tage bleiben, sie hatte es eigens so eingerichtet, damit sie in der Adventszeit bei ihrer Familie sein konnte.
Weihnachten musste sie leider arbeiten und hatte einen Flug nach Australien im Dienstplan stehen.
Als sie den Kopf hob, stand der Mann von 12 C vor ihr. Sie zuckte zusammen.
„Entschuldigen Sie bitte, ich wollte Sie nicht erschrecken. Ich wollte nur fragen …“ Weiter kam er nicht, denn ein plötzliches Absacken des Flugzeuges brachte ihn aus dem Gleichgewicht. Der Mann fiel gegen Karolin und ihre Tasche. Sie hörte es deutlich knacken und krachen.
„Oh nein“, entfuhr es ihr. Als sie beide wieder sicheren Stand hatten, sah sie nach. Tatsächlich, wie sie befürchtet hatte: Der Schokoladennikolaus war vollkommen platt gedrückt.
Der Mann sah sie betroffen an. „Das tut mir schrecklich leid. Wie ungeschickt von mir!“
„Sie konnten ja nichts dafür“, entgegnete Karolin. „Daran war das Luftloch schuld.“ Sie seufzte. „Das war ein Mitbringsel für meinen Neffen Olaf. Er liebt alles, was süß ist.“

„Ich kaufe Ihnen einen neuen."
Karolin lächelte. „Das ist wirklich nicht nötig. Ich werde ihm einfach etwas anderes besorgen. Im Flughafen finde ich ganz sicher etwas."
Der Passagier von 12 C fuhr sich verlegen durchs dunkle Haar, seine schönen braunen Augen blickten reuevoll. „Hören Sie, eigentlich wollte ich Sie fragen, ob Sie sich später mit mir treffen wollen, aber nun glaube ich, ich schulde Ihnen ein neues Geschenk für Ihren Neffen."
Das Anschnallsignal leuchtete auf, begleitet von einem leisen Piepen.
„Sie müssen sich jetzt hinsetzen und den Gurt anlegen", ermahnte ihn Karolin mit sanftem Nachdruck und wies auf die Sitze.
„Nicht, bevor Sie nicht zugesagt haben", beharrte der Mann.
„Na schön", willigte Karolin ein, „wir gehen gleich zusammen einkaufen. Aber nun müssen Sie wirklich zu Ihrem Platz."
Er entfernte sich zufrieden und Karolin schmunzelte. Nun war schon zum zweiten Mal in zwei Tagen ein Mann mit ihr zusammengestoßen.
Das musste doch etwas zu bedeuten haben. Sie wusste zwar nicht, was, doch sie hatte so eine Ahnung, dass es keine Zufalle waren und dass der Mann von 12 C eine verheißungsvolle neue Bekanntschaft werden würde. Sie strich über den zerdrückten Nikolaus und war dankbar, dass sie ihn in der Tasche gehabt hatte.

Simone Ehrhardt

10. Dezember

Es ist Montag. Montag, der 10. Dezember. Noch genau zwei Wochen sind es bis Heiligabend.
Der Tannenbaum ist immer noch nicht gewachsen, einen Adventskranz gibt es auch noch nicht so richtig, zumindest keinen geschmückten, und von Weihnachtsvorbereitungen ist insgesamt nicht viel zu sehen.
Anna kickt wütend ein Steinchen vor sich her, während sie von der Bushaltestelle nach Hause geht. Wer weiß, was heute schon wieder los sein wird?
Gestern Abend hat es immerhin überbackenen Toast gegeben. Und heute Abend kommt, wenn alles gut geht, Papa nach Hause. Vielleicht gibt es dann wieder Spaghetti mit Tomatensoße.
Zu Hause hat Mama eine nette Überraschung parat: Sie hat Lasagne vorbereitet. Die wartet jetzt im Ofen darauf, dass der am späten Nachmittag eingeschaltet und das leckere Gericht fertig gebacken wird.
„Ich schreibe dir hier auf den Zettel, wann der Ofen und auf wie viel Grad er eingeschaltet werden muss", sagt Mama zu Anna. „Den Zettel zeigst du Papa, wenn er kommt. Dann ist das Essen genau zur richtigen Zeit fertig."
Anna nickt. Hm, Lasagne!
Aber dann muss Mama schon wieder fort. „Sieh zu, dass ihr eure Hausaufgaben gemacht bekommt!", gibt sie

Anna noch mit. Ein Küsschen für die Kinder, und fort ist sie.
Anna sieht ihre Geschwister an. „So, dann zeigt mal her, was ihr aufhabt", meint sie· Immerhin ist sie die große Schwester und muss sich kümmern.
„Hausaufgaben habe ich keine auf", sagt Moritz zögernd.
Doch irgendetwas in seiner Stimme lässt Anna aufhorchen. „Wie meinst du das? Hast du eine Strafarbeit auf?"
Moritz schüttelt den Kopf.
„Was dann?"
„Es ist nur … Ich muss die Sachkundemappe morgen fertig haben."
„O weh! Und wie viel fehlt dir noch?"
Moritz sagt nichts. Er schiebt nur wortlos die Mappe zu Anna hinüber. Und die erschrickt. Von den dreißig Aufgaben sind erst vier abgehakt.
Und oben auf der Mappe sind Kastanien gemalt und mit Druckbuchstaben steht darunter das Thema: „Der Wald im Herbst".
„Wie lange arbeitet ihr schon an der Mappe?", erkundigt sich Anna misstrauisch.
Moritz zuckt mit den Schultern. „Ich weiß nicht mehr", sagt er leise. „Schon ziemlich lange."
„Das sieht mir so aus", meint Anna.
„Aber was machen wir jetzt?", fragt Greta ratlos. „Ihm fehlt noch total viel. Das schafft er nie bis heute Abend!"
„Er könnte sagen, der Nikolaus hat die Mappe in seinen Sack gesteckt und ist damit fortgelaufen", überlegt Kai.

„Das glaubt Frau Mayer nie“, meint Moritz düster.
„Wenn Mama hier wäre, wüsste sie bestimmt, was man jetzt tun müsste“, brummte Anna. „So bleibt uns nichts anderes übrig, als dass Moritz den ganzen Nachmittag über an dieser Mappe arbeitet – und wir ihm dabei helfen, so gut es eben geht.“
„Ich hab aber keine Lust dazu“, mault Moritz.
„Glaubst du vielleicht, ich hätte Lust?“, fragt Anna böse.
Da ist Moritz still. Er blättert eine Weile in seiner Mappe herum und beginnt dann, ein Herbst-Mandala mit Igeln auszumalen.
Anna sieht es stirnrunzelnd. Aber da sie ohnehin im Moment nicht helfen kann, weil sie ja ihre eigenen Aufgaben machen muss, lässt sie Moritz zunächst einmal malen. Anna macht ihre Englisch-Hausaufgaben, schreibt einen Deutschaufsatz und macht ihre Mathematikaufgaben. Als sie fertig ist, malt Moritz immer noch an seinem Mandala.
„So wirst du nie fertig!“, stöhnt Anna.
„Wenn ich über die Linie male, schimpft Frau Mayer“, sagt Moritz wichtig.
„Na klasse. Hoffentlich schimpft sie nicht, wenn du morgen nur fünf Aufgaben statt einer ganzen Mappe ablieferst“, murmelt Anna.
Dann räumt sie mit Greta zusammen das Mädchenzimmer auf. Als sie damit halbwegs fertig sind, malt Moritz immer noch an dem Mandala.
„Wie lange brauchst du denn noch?“, schimpft Anna.
„Ich hab schon die Hälfte“, erklärt Moritz wichtig.
Da spielt Anna eine Weile mit Kai.
Moritz malt immer noch.

Anna ahnt Böses. Hat Mama ihr nicht extra aufgetragen, dafür zu sorgen, dass die Kleinen ihre Hausaufgaben machen?

„Du lässt jetzt dein blödes Bild liegen und machst eine andere Seite", befiehlt sie ihrem Bruder.

„Das andere kann ich alles nicht", murmelt Moritz.

„Wie – das kannst du nicht?" Langsam wird Anna ziemlich ungeduldig. „Das habt ihr doch alles durchgenommen!"

„Aber ich hab es nicht kapiert." Moritz zieht einen Flunsch.

„Na, dann zeig mal her!" Anna schnappt sich den Hefter. „Hier, guck mal. Da sollst du Striche ziehen zwischen den Bäumen und ihren Früchten. Das kannst du doch."

„Ja, das schon …"

„Also, dann mach das jetzt!"

„Aber das ist nicht die nächste Nummer."

„Ist egal. Du musst sehen, dass du noch möglichst viel machst. Die Nummer ist jetzt egal!"

„Schrei mich nicht so an!" Moritz beginnt zu weinen. Jetzt muss Anna ihn erst einmal trösten. O Mann, was ist es anstrengend, auf seine kleinen Geschwister aufzupassen!

Endlich hat Anna den Kleinen so weit, dass er nach ihrer Anleitung ein Blatt nach dem anderen durcharbeitet.

Es stellt sich heraus, dass er die meisten Aufgaben doch kann – nur bei den Rechenaufgaben, da hapert es ganz gewaltig. Und Anna weiß wirklich nicht so genau, wie sie ihm jetzt erklären soll, warum 8 + 3 nun mal 11 ergibt und nicht 13.

„Weißt du was? Wir lassen die Rechenaufgaben einfach liegen“, meint Anna schließlich erschöpft. Dann sieht sie auf die Uhr. Schon halb sieben, und Papa ist immer noch nicht da. Was soll bloß aus der Lasagne werden? Darf sie selber den Ofen anschalten?
Gerade hat sie sich entschlossen, den Ofen lieber auszulassen, da geht die Wohnungstür auf und Mama kommt herein.
„Mama!“ Anna läuft ihrer Mutter entgegen.
„Was ist denn?“
„Papa ist noch nicht da! Deshalb ist der Ofen nicht an und die Lasagne nicht fertig. Und Moritz musste einen ganzen Sachkundehefter fertig machen. Aber Mathe hat er nicht geschafft!“
Mama streicht Anna über das Haar. „Und du bist auch geschafft, meine Große, stimmt's?“
Anna nickt. Sie ist total geschafft.
Auf dem Handy aber erhält sie den Zuspruch: „Was ihr getan habt einem von diesen meinen geringsten Brüdern, das habt ihr mir getan. Matthäus 25,40. LG von oben.“
Nachdenklich sieht Anna auf das Display. Wieder stellt sie sich die Frage, wer ihr da eigentlich jeden Abend Trost spendet …

Inken Weiand

Einsteigen in die göttliche Rettungskapsel

Jeder möchte, dass Weihnachten perfekt wird. Klar. Dafür braucht es eigentlich auch nicht viel … ein bisschen Neuschnee, der die Landschaft in eine Märchenkulisse verwandelt (aber nicht zu viel, denn wer will schon glatte Straßen?), Kinder, die artig sind und sich über ihre Geschenke freuen, Verwandte, die lächeln und sich wenigstens an Weihnachten vertragen, und natürlich einen Braten, außen knusprig und innen saftig. Schlecht wäre es natürlich auch nicht, wenn die Bluse, das lang gesuchte Geschenk für die Frau, ausnahmsweise mal die richtige Farbe (und Größe!) hätte. Und, wenn wir schon dabei sind: Wenn endlich ein Gesetz erlassen würde, das Grippe zur Weihnachtszeit verbietet …

Aber leider läuft es ja nicht immer so, irgendwas geht meistens schief: Das Wetter spielt nicht mit, die Schwiegermutter sagt etwas Unpassendes und zerstört die weihnachtliche Idylle, das Geschenk, das man sorgfältig ausgesucht hat, wird eher lustlos entgegengenommen, und im Hintergrund hört man die Kreditkarte stöhnen unter der weihnachtlichen Belastung.

Vielleicht amüsieren sich die Kinder angesichts der vielen Geschenke etwas, aber für die Erwachsenen bleibt

vom Frieden dieses Festes in der Regel nicht viel übrig. Nicht ohne Grund fallen Millionen von Menschen in ein Weihnachtsloch. Dann flüchten sie in den Weihnachtsurlaub nach Bali oder Teneriffa (ob sie dort ankommen, ist angesichts der ganzen Streiks an den Flughäfen noch mal eine andere Frage …) und manche fallen sogar in ein existenzielles Weihnachtsloch. Die Selbstmordrate ist in dieser Zeit so hoch wie nie.
Auch die erste Weihnacht vor 2000 Jahren verlief wenig idyllisch. Nirgends Glocken. Kein Fest mit Glühweinstimmung. Kein Tannenbaum. Keine Räuchermännchen. Keine bunten Geschenke. Stattdessen eine Frau, die im neunten Monat schwanger ist und plötzlich vom Finanzamt aufgefordert wird, an ihrem weit entfernten Geburtsort zu erscheinen. Über alle Berge, weit weg vom Hausarzt, ihrer Mutter, dem trauten Heim, nur um dort mit ihrem Verlobten in einer langen Schlange zu stehen, einige bürokratische Formulare auszufüllen und Steuern zu bezahlen.
Und als ob das nicht genug wäre, geht auch noch alles schief unterwegs. Als Maria und Josef in der fremden Stadt ankommen, sind alle Hotels ausgebucht. „Belegt!", leuchtete ihnen ein Schild entgegen, und zwar von jedem Hotel, zu dem sie sich mühsam durchgefragt haben. Irgendwann findet der frustrierte Josef dann doch noch einen alten Schuppen in irgendeiner Gasse und kann froh sein, dass sie wenigstens ein Dach über dem Kopf haben. Frust pur, die kleine Familie am Ende der Belastbarkeit. Und dann (als ob das nicht genug wäre!), inmitten all des Elends, setzen die Wehen ein. Weit und breit kein Kreißsaal, keine Hebamme, keine

Wanne für eine sanfte Unterwassergeburt – sondern nur ein Stall und ein Futtertrog.

Die Umstände, unter denen das erste Weihnachtsfest stattfand, machen schnell deutlich, dass Weihnachten ursprünglich wenig mit süßlichem Plätzchenduft zu tun hat – Braten, Deko und festliche Stimmung spielten damals keine Rolle. Im Gegenteil: Die Umstände, in die Gott kommt, waren durch und durch problembehaftet. Und genau hier liegt auch der Grund, warum er in Gestalt seines Sohnes kommt: Jesus will Ordnung ins Chaos dieser Welt bringen. Er ist nicht gekommen, weil es auf Erden so schön heimelig wäre, sondern weil es viel zu retten gibt. Das Wort „Jesus" stammt aus dem Griechischen und entspricht dem Namen Joshua, und das heißt übersetzt: „Gott ist Rettung".

Erinnern Sie sich noch an das Unglück in Chile, im Juli des Jahres 2011, als eine Mine mit 33 Bergarbeitern einstürzte? Plötzlich saßen die Männer in fast 700 Metern Tiefe fest. Eingeschlossen in Dunkelheit, Angst und Verzweiflung. 69 Tage vergingen, bis sie wieder das Tageslicht sehen konnten. Die Bilder im Fernsehen von der Befreiung werde ich nie vergessen: Jedes Mal, wenn die Rettungskapsel „Fénix" einen Bergmann an die Oberfläche brachte, schrien die Wartenden ihre Freude heraus. Besonders berührend waren die Begegnungen mit den wartenden Angehörigen. Wenn ein geretteter Kumpel seine Liebsten wieder in die Arme schließen konnte, flossen Tränen der Rührung, Tränen, die ein ganzes Land in einen Freudentaumel versetzten. Sirenen heulten, Autos hupten, und unbekannte Menschen fielen sich um den Hals.

Diese Rettungsaktion erinnert mich stark an das, was

zu Weihnachten geschehen ist. Genau wie die Rettungskapsel „Fénix" in die Mine geschickt wurde, hat Gott auch uns eine Rettungskapsel geschickt: Jesus. Denn auch wir sind Verschüttete. Auch um uns ist Dunkelheit. Auch wir sind gefangen. Nicht in einer Mine, aber in Schuld; in Unversöhnlichkeit, in Süchten … Jesus kommt auf die Welt, weil diese an ihren Lügen, an ihrer Ungerechtigkeit, an Hass, Neid, an Egoismus und Gier zugrunde geht.
Die Frage ist nur: Steigen wir auch ein in diese göttliche Rettungskapsel? Das ist ja nicht so einfach und offensichtlich wie für die Minenarbeiter. Die meisten Menschen glauben nicht mehr, dass sie gerettet werden müssten. Sie haben sich in der Dunkelheit so weit wie möglich eingerichtet und sind überzeugt, mehr gebe es nicht. Und wieder andere glauben, für sie wäre, so, wie sie sind, kein Raum in der göttlichen Kapsel: Sie müssten erst ordentlich vorbereitet sein, damit Gott zu ihnen kommen kann, sie müssten ihr Leben zuerst in Ordnung bringen. In einem Weihnachtslied heißt es:

„Und wenn du folgst und artig bist,
dann wird erfüllt dein Traum,
dann bringet dir der heil'ge Christ
den schönsten Weihnachtsbaum."

Aber das ist Unsinn. Gott schickte seinen Sohn nicht in die Welt, weil die Kinder artig waren, sondern weil wir Menschen das Verhältnis zu ihm zerbrochen haben und daran nun selbst zerbrechen. Das echte Christkind will nicht nur zu denen kommen, die schön artig sind, sondern gerade zu denen, die schön geizig, neidisch, eifersüchtig, streitsüchtig und egoistisch sind – also zu Ihnen und zu mir! Sich auf das Kommen des Messias vorzubereiten bedeutet gerade nicht, alles selbst in Ordnung zu bringen und so lange an sich herumzuputzen, bis man eine weiße Weste vorweisen kann. Wer Selbsterlösung anstrebt, braucht kein Weihnachten. Wenn der Mensch sich selbst erlösen könnte, hätte sich Gott den ganzen Aufwand sparen können.

Unsere Sinnsuche, unsere Sehnsucht nach Liebe, Licht, Wärme, Geborgenheit und Halt wird nicht gestillt mit dem, was wir geschenkt bekommen. Weihnachten wird eben nicht unterm Baum entschieden, sondern dadurch, ob wir einsteigen in die göttliche Rettungskapsel.

Die hat übrigens (mehr als 30 Jahre später als erwachsener Mann) von sich gesagt: „Kommt alle her zu mir, die ihr euch abmüht und unter eurer Last leidet. Ich werde euch Frieden geben. Nehmt meine Herrschaft an und lebt darin. Lernt von mir. Ich komme nicht mit Gewalt und Überheblichkeit. Bei mir findet ihr, was eurem Leben Sinn und Frieden gibt. Ich meine es gut mit euch und bürde euch keine unerträgliche Last auf." (Mt 11,28-30)

Wer Anschluss an diesen Jesus bekommt, bekommt Anschluss an das wahre Leben, an das ewige Leben. Ein Leben mit Qualität. Der bekommt einen Vorgeschmack auf den Himmel. Das zu hören, zu wissen und darauf sein Leben auszurichten gibt Hoffnung und Mut, Trost und Kraft. Und das nicht nur in der Adventszeit, zur Weihnachtszeit, sondern auch zur heißen Urlaubszeit und eigentlich überhaupt immer.

Arno Backhaus

Die wunderbaren Schaufenster

Es war ein Kind, das als Erstes die unglaubliche Entdeckung machte, die später eine ganze Stadt in Verwirrung stürzen sollte. Und dabei fing alles so harmlos an:
Jana stand mit ihrem Vater am zweiundzwanzigsten Dezember vor dem Schaufenster eines Süßwarenladens und betrachtete sehnsüchtig die Marzipanweihnachtsmänner, die künstlichen Früchte, die Weingummis, die Lakritzstangen, die Lebkuchen und Schokoladenfantasien, die eingepackten Geschenke und die anderen verführerischen Dinge, die sich vor ihren Augen ausbreiteten. Am liebsten hätte sie den ganzen Laden aufgekauft. Und alles war sehr hübsch und geschmackvoll hergerichtet.
Dabei wusste Jana gar nicht so genau, dass die Weihnachtsdekoration geschmackvoll war und dass man die wie zufällig hingeworfene Straße aus Glitzersternen und das blaue Tuch, das nachlässig über den Geschenken und einer Krippenszene hing, sorgfältig drapiert hatte. Sie kannte noch nicht den Unterschied zwischen einem unaufgeräumten Zimmer und einer künstlerisch ausgestalteten Unordnung.
Die beiden, Vater und Tochter, fingen an zu frösteln, während sie so dastanden. Es war sehr kalt und windig, und es hatte immer noch nicht geschneit, obwohl der Himmel mit Wolken voll hing und die kalte Luft schon

nach Schnee roch. Vielleicht wollte der Schnee bis Weihnachten warten, um das Fest mit einem passenden weißen Rahmen zu umgeben und die Weihnachtsstimmung auf den perfekten Höhepunkt zu treiben.
Gerade machte der Vater eine Bewegung, als wollte er weitergehen, da rief seine Tochter: „Papa, schau mal, in der Krippe liegt ein großer Mann mit einem Bart."
Der Vater, der mit seinen Gedanken schon zu Hause war und sich vorstellte, wie es wäre, mit einer heißen Tasse Kaffee neben dem Ofen zu sitzen, seufzte auf und wollte eben sagen: „Das ist kein Mann, das ist das Christkind", etwa so, wie man im Zoo zu einem Kind sagt: „Das sind keine Baumstämme mit Augen, sondern Krokodile." Aber als er selber einen Blick auf die Krippe warf, sagte er den Satz nicht. Denn in der Krippe lag tatsächlich ein hölzerner Mann, dessen Beine viel zu lang dafür waren. Ein Mann, so groß wie die Maria- und Josephfiguren, mit Bart und dunklen Locken, die Augen wie unter großen Schmerzen aufgerissen und die Arme ausgebreitet. Um seinen Kopf war ein runder, gelb bemalter, hölzerner Heiligenschein angebracht wie der Rand eines Hutes.
„Tatsächlich", sagte der Vater, „du hast recht, Jana."
„Sieht seltsam aus!", meinte Jana.
„Also, ich finde, es sieht eher geschmacklos aus", sagte der Vater und schüttelte den Kopf. „Den haben sie von einem Kruzifix abgemacht und hier reingelegt. Unmöglich!"
Da kam ihm eine Idee. „Ich werde die Leute fragen, was sie sich dabei gedacht haben."
„Muss das sein?", maulte Jana. „Ich geh aber nicht mit dir rein. Das ist mir viel zu peinlich."

Es war übrigens nicht das erste Mal, dass ihr Vater peinliche Dinge tat – jedenfalls Dinge, die ihr peinlich waren. Die letzte Geschichte lag erst zwei Tage zurück, da hatte er sich im Bus in eine Unterhaltung eingemischt, die ihn eigentlich gar nichts anging. Aber vielleicht sind Väter ja so, besonders Väter, die arbeitslos sind.

„Mensch, Jana, dir ist aber auch alles gleich peinlich. Dann bleib eben hier draußen."

Mit diesen Worten verschwand er im Laden, und Jana wartete ab, was passieren würde. Da sah sie auch schon eine Frau, die mit ihrem Vater von innen auf die Schaufenstereinrichtung zuging und mit einem überheblichen Augenaufschlag irgendetwas sagte. Er redete daraufhin auf sie ein und deutete auf die Krippe.

Und dann kam die Verwandlung. Die Verkäuferin stutzte, blickte zweimal hin, schüttelte den Kopf und ging verwirrt in den Laden zurück. Gleich darauf kam Janas Vater wieder heraus.

„Du wirst es nicht glauben, Jana, aber die wussten von nichts. Jetzt suchen sie den Geschäftsführer." Er klopfte ihr auf die Schulter. „Gut beobachtet."

Er blieb stehen und betrachtete wieder den seltsamen Mann in der Krippe mit dem Heiligenschein und dem abgemagerten Körper, dessen Rippen man zählen konnte.

„Hat wahrscheinlich irgendein Witzbold gemacht. Verrückt. Komm, lass uns weitergehen."

Aber da blieb gerade ein junges Pärchen neben ihnen stehen und Janas Vater konnte es sich nicht verkneifen, sie auf den bärtigen Mann in der Krippe aufmerksam zu

machen und zu sagen: „Das Christkind scheint erwachsen geworden zu sein."
Allmählich wurden andere auf die kleine Gruppe vor dem Schaufenster aufmerksam und mit einem Mal standen noch mehr Leute davor und unterhielten sich über die seltsame Krippe.
„Irgendwie originell", meinte ein junger Mann.
„Unglaublich, was die sich heute einfallen lassen, um die Leute anzulocken. Gotteslästerlich, einfach gotteslästerlich", rief eine ältere Frau empört aus.
„Sicher ein Missgeschick", sagte eine junge Mutter mit Kinderwagen.
„Komm, lass uns gehen, mir ist kalt." Mit diesen Worten zog Janas Vater seine Tochter von der immer größer werdenden Menge zur Seite.
Wer nun als Erster auf die Idee gekommen war, die anderen Schaufenster zu kontrollieren, konnten Vater und Tochter hinterher nicht mehr feststellen.
Jedenfalls hielten sie bei einem anderen Schaufenster an, nur zum Spaß, um zu sehen, ob da wohl auch etwas Seltsames zu entdecken war.
Der Laden, vor dem sie stehen blieben, war ein Musikgeschäft. Auch hier fehlten die Gold- und Silbersterne nicht und auch nicht die Rauschgoldengel, die über den vielen Geigen, Gitarren, Flöten und Klarinetten schwebten, als wollten sie sie beschützen.
Nein, eine Krippe war da nicht aufgebaut. Nur ein weißes Band mit Goldrand hing unter einer künstlichen Wolke aus Watte, ein Band mit Noten, auf dem ein bekanntes Weihnachtslied aufgedruckt war: „Alle Jahre wieder kommt das Christuskind …" Aber halt, da stand

ja gar nicht „Alle Jahre wieder“, sondern: „Einmal und nie wieder kam das Christuskind …“
Diesmal hatte der Vater die Besonderheit als Erster entdeckt.
„Ich hab was gefunden!“, rief er triumphierend seiner Tochter zu. „Lies mal das Lied!“
„Einmal und nie wieder …“, las Jana. „Vielleicht ist es ja ein neues Weihnachtslied?“
„Falsch“, sagte Herr Schlosser – so hießen nämlich die beiden Schaufensterkontrolleure mit Nachnamen. „Zufällig kann ich Noten lesen und zufällig steht über dem Text die Melodie von ‚Alle Jahre wieder‘ …“
„Einmal und nie wieder kam das Christuskind …“, sang Janas Vater leise vor sich hin und meinte:
„Meine Herren, das klingt, als ob das Ganze mit der Geburt und so … einmalig gewesen wäre, so … besonders.“
„Ist es doch auch, oder nicht?“, sagte Jana.
Als ihr Vater dazu schwieg, zog sie ihn fort und rief: „Komm zum nächsten Schaufenster!“, und sie dachte: Bloß weg, sonst geht er wieder in den Laden und sagt peinliche Dinge.
Anscheinend hatten die anderen Schaufensterbetrachter die gleiche Idee gehabt, denn man konnte jetzt richtige Menschentrauben vor mehreren Fenstern sehen. Leute unterhielten sich lautstark, und manche fuhren mit den Händen durch die Luft.
Bei einem Geschäft herrschte ein besonders großer Lärm und Jana zog ihren Vater an der Hand dorthin. Nachdem sie sich durch die Menschenmenge gedrängt hatten, blieb selbst Janas Vater vor Staunen der Mund offen stehen. Und das wollte schon etwas heißen.

Es war ein Bekleidungsgeschäft und der riesige Engel fiel gleich auf. Er war nicht einer dieser typischen Rauschgoldengel mit dem welligen Silberhaar und den niedlichen Flügeln in einem zarten, duftigen Kleid, also keine der Figuren, die man sonst so sieht, sondern ein kräftiger, zornig wirkender junger Mann in der Größe einer Schaufensterpuppe. Er trug ein helles Leinenhemd über einer weißen Jeans, und seine rechte Hand umschloss ein schweres, glänzendes Schwert.

Das Erschreckende war aber, dass man den Eindruck hatte, der Engel hätte in dem Schaufenster herumgewütet, denn manche Kleider und Anzüge lagen in Fetzen herum, und obwohl der Engel aus Holz oder einem anderen festen Material gearbeitet war, sah er doch sehr lebendig aus mit seinen blitzenden Augen und dem Heiligenschein aus Gold, der wie ein Reif in seinen Haaren steckte.

„Man bekommt fast eine Gänsehaut", flüsterte Jana ihrem Vater zu, als fürchtete sie, der kriegerische Engel könnte sie hören, und Herr Schlosser meinte: „Jetzt verstehe ich zum ersten Mal, warum die Engel den Hirten als Erstes sagen mussten: ‚Fürchtet euch nicht!' Der Kerl ist wirklich zum Fürchten, obwohl er sehr schön aussieht und es gleichzeitig auch ein … gutes Fürchten ist." Er schüttelte den Kopf über seine eigenen, widersprüchlichen Worte.

„Komm, wir gehen weiter, Jana. Bin gespannt, was es noch zu sehen gibt."

Inzwischen war es dämmerig geworden, und in den Straßen ging die Weihnachtsbeleuchtung an, wie an jedem Abend in der Vorweihnachtszeit. Aber dieser

Abend war anders als sonst. Normalerweise sah man um diese Zeit Leute durch die Straßen eilen oder an den kleinen Buden des Weihnachtsmarktes stehen und Glühwein trinken. Diesmal hingen die Schaufenster voller Leute und der Glühwein dampfte umsonst in den Warmhaltebehältern vor sich hin. Außerdem gab es auch kaum Leute, die hätten ausschenken können, denn sie waren wie ihre Kunden von den seltsam dekorierten Schaufenstern angelockt worden.

Beim nächsten Geschäft herrschte eine fast andächtige Stille. Wenige standen davor und gingen nach einer Weile stumm weiter. Es gab sogar ältere Männer, die ihren Hut abnahmen.

Und Herr Schlosser und seine Tochter merkten auch bald, warum. Es handelte sich diesmal um einen Secondhand-Laden für Kinderkleidung.

Auf einer Tapete, die im Hintergrund angebracht war, stand in ungelenker Kinderhandschrift der Satz:

„Vröliche Weinenacht".

Und darunter sah man zwei verdreckte Kartons, die mit Zeitungen ausgepolstert waren und in denen halb nackte Babypuppen lagen. Über den Sand, der überall den Boden bedeckte, liefen Tierspuren und in einer Ecke dampfte ein Haufen Mist vor sich hin. Man meinte förmlich, den Gestank zu riechen.

Auch Jana und ihr Vater gingen schweigend weiter. Sie hatten plötzlich keine Lust mehr, die anderen Schaufenster zu sehen, und so fuhren sie nach Hause.

Aber die unglaublichen Dekorationen hörten deswegen nicht auf. Ein Buchhändler stand entsetzt vor seinem Schaufenster, aus dem alle seine lustigen, geschmackvoll gestalteten Bildbände und die unterhaltsamen Bücher verschwunden waren und in dem nur noch Bibeln herumlagen, die alle so aufgeschlagen waren, dass man den Beginn der Weihnachtsgeschichte im Lukasevangelium lesen konnte.

Ein Optiker verstand die Welt nicht mehr, weil er alle seine Ferngläser draußen auf einem Tisch wiederfand, versehen mit einem Hinweisschild: „Werfen Sie mal einen Blick in den Himmel!"

Auf der Polizeiwache liefen die Telefone heiß, und die Sache mit den Schaufenstern war das Tages- oder besser Nachtgespräch. Und jeder fragte sich:

Wer hat das getan? Vor allem: Wie kann man so etwas machen, ohne dass man dabei erwischt wird?

Am Morgen des vierundzwanzigsten Dezembers stand folgender Artikel in der Lokalzeitung Nachrichten Aktuell:

WEIHNACHTEN SCHLÄGT ZURÜCK –
DAS WUNDER IN DEN SCHAUFENSTERN

Seit gestern Abend ist die gesamte Geschäftswelt unserer Stadt in Aufruhr: Ein Unbekannter oder eine Gruppe hat auf unerklärliche Weise zahlreiche Schaufensterdekorationen verändert. Das Thema Weihnachten wurde zum Anlass genommen, die Leute zu schockieren. Und so sah es in einigen Schaufenstern aus: Ein lebensgroßer, Furcht erregender Holzengel stand mit gezücktem Schwert in einem Bekleidungsgeschäft und schien die Stoffe zerfetzt zu haben; ein bärtiger Mann, offensichtlich der Korpus eines Kruzifixes, lag statt eines niedlichen Babys in der Krippe; bekannte Weihnachtslieder wurden verspottet, und in einem Kinderbekleidungsgeschäft standen vergammelte Kartons herum, ausgestopft mit Zeitungen, in denen Babypuppen lagen. Daneben stank ein Misthaufen vor sich hin. Wahrscheinlich ein Hinweis auf die ärmliche Geburt Christi …

Aber das waren nur die Anfänge. Die seltsamen Veränderungen gingen weiter. Unser Reporter war bis zum Morgen unterwegs und hat noch Folgendes festgestellt: Ein Esel wurde in der verschlossenen Kirche gefunden. Nur durch sein lautes und anhaltendes Schreien wurde man schließlich auf ihn aufmerksam. Auf seinem Rücken hatte jemand mit weißer Farbe und dicken Strichen den Satz gemalt: „Gott kehrt gern bei Eseln ein." Die Polizei vermutet die Attentäter innerhalb der Kirchen. Denn wer sonst hätte ein Interesse daran, diese Dinge durchzuführen? Dienen sie doch der Propaganda eines christlichen Festes.

Pastor Hannibald Weiß, Hauptpastor der evangelischen Friedenskirche unserer Stadt, wurde von Nachrichten Aktuell interviewt. Dabei stellte sich heraus, dass er genauso wie alle anderen Bürger von den seltsamen Dekorationen überrascht worden war. Er bestritt nachhaltig, in irgendeiner Form etwas mit dieser Sache zu tun zu haben. Auf die Frage, wie er sich denn die seltsamen Schaufenster erklärte, gab er zu bedenken, dass es auf ihn so wirke, als wehrte sich das Weihnachtsfest gegenüber zu vielen Überfremdungen. Es könne doch sein, meinte er, dass das Weihnachtsfest nach Jahrzehnten der Vermarktung zurückschlage. Solche alten Symbole, der Pastor, seien nicht zu unterschätzen, sie hatten eine starke Energie. Und warum solle es nicht auch heute noch Wunder geben? So weit Pastor Hannibald Weiß.

Wie wir heute von der Polizei erfuhren, wurde bei einem Rentner auffällig viel Holzabfall sichergestellt, und bei einem jüngeren Ehepaar wurde eine Bibel entdeckt, die auf dem Küchentisch lag.
Aber das alles sind noch keine handfesten Spuren. Genauso wie alle übrigen Bürger unserer Stadt steht die Polizei vor einem Rätsel, Nachrichten Aktuell wird Sie jedenfalls auf dem Laufenden halten …

Am Nachmittag des vierundzwanzigsten Dezembers platzten die Kirchen aus allen Nähten. Die „wunderbaren" Schaufenster hatten viele aufgewühlt und durcheinandergebracht. Es gab einem sogar das Gefühl, an einer kleinen Verschwörung teilzuhaben, wenn man die Kirche betrat. Man sympathisierte sozusagen mit den Tatverdächtigen. Ein leichter Geruch nach Stall und Esel hing noch im Kirchenschiff und erinnerte daran, dass Gott gerne bei Eseln einkehrt.
Als die Weihnachtsgeschichte vorgelesen wurde, senkte sich eine andächtige Stille über die Versammlung, und das übliche Füßescharren, Husten, Gähnen und Flüstern hörte schlagartig auf, sodass sich der Pastor wunderte. Denn viele hörten die alte Geschichte wie zum ersten Mal. Die Worte setzten beim Vorlesen plötzlich völlig neue Bilder frei.
Als die Stelle kam, in der Maria das Kind in Windeln wickelte und in eine Krippe legte, sah man nicht einen romantischen Stall vor sich und ein zufrieden lächelndes jüdisches Ehepaar in stilvollen Gewändern. Stattdessen stand einem das Schaufenster des Secondhand-Ladens vor Augen, in dem ein paar schmuddelige Kartons he-

rumlagen, notdürftige Betten für frierende Babys. Der Esel, der in der Kirche eingesperrt war, geisterte durch den Kopf, und als die Hirten nachts vom Engelgesang geweckt wurden, dachte man unwillkürlich an den zornigen jungen Mann mit dem Schwert in der Hand. Die Geschichte der drei Weisen vermischte sich mit dem Optikergeschäft, und zum ersten Mal begriffen ein paar Leute, dass das Kind in der Krippe mit dem Mann am Kreuz identisch war.

„Eigentlich", sagte Herr Schlosser am Heiligen Abend nach der Bescherung und schielte dabei zu seiner Tochter hinüber, „eigentlich hättest du in dem Zeitungsartikel erwähnt werden müssen, schließlich hast du doch als Erste die Sache entdeckt."

Jana war gerade dabei, eine Bastelanleitung durchzulesen, während ihr älterer Bruder Stefan mit seinem Chemiekasten beschäftigt war. Die Mutter probierte ihre neue Bluse an.

„Quatsch!", sagte Jana, „wenn ich sie nicht entdeckt hätte, dann hätte ein anderer sie entdeckt.

Denk doch nur an den riesigen Engel mit dem Schwert. Außerdem wäre es mir viel zu …"

„… peinlich gewesen", vollendete der Vater den Satz und lachte.

Albrecht Gralle

Aufregende Tage vor dem großen Fest

Die gute Nacht

Der Tag, vor dem der große Christ
zur Welt geboren worden ist
war hart und wüst und ohne Vernunft.
Seine Eltern, ohne Unterkunft,
fürchteten sich vor seiner Geburt,
die gegen Abend erwartet wurd.
Denn seine Geburt fiel in die kalte Zeit.
Aber sie verlief zur Zufriedenheit.
Der Stall, den sie doch noch gefunden hatten
war warm und mit Moos zwischen seinen Latten
und mit Kreide war auf die Tür gemalt
dass der Stall bewohnt war und bezahlt.
So wurde es doch noch eine gute Nacht
auch das Heu war wärmer, als sie gedacht,
Ochs und Esel waren dabei
damit alles in der Ordnung sei.
Eine Krippe gab einen kleinen Tisch
und der Hausknecht brachte heimlich einen Fisch.
(Denn es musste bei der Geburt des großen Christ
alles heimlich gehen und mit List.)
Doch der Fisch war ausgezeichnet und reichte durchaus
und Maria lachte ihren Mann wegen seiner Besorgnis aus
denn am Abend legte sich sogar der Wind
und war nicht mehr so kalt, wie die Winde sonst sind.

Aber bei Nacht war es fast wie ein Föhn.
Und der Stall war warm und das Kind war sehr schön.
Und es fehlte schon fast gar nichts mehr
da kamen auch schon die Dreikönig daher!
Maria und Joseph waren zufrieden sehr.
Sie legten sich sehr zufrieden zum Ruhn
mehr konnte die Welt für den Christ nicht tun.

Bertolt Brecht

Die Weihnachtsgans Auguste

Der Opernsänger Luitpold Löwenhaupt hatte bereits im November vorsorglich eine fünf Kilo schwere Gans gekauft, eine Weihnachtsgans. Dieser respektable Vogel sollte den Festtisch verschönen. Gewiss, es waren schwere Zeiten. „Aber etwas muss man doch fürs Herze tun!"
Bei diesem Satz, den Löwenhaupt mit seiner tiefen Bassstimme mehrmals vor sich hin sprach, so dass es wie ein Donnerrollen sich anhörte, mit diesem Satz meinte der Sänger im Grunde etwas anderes. Während er mit seinen kräftigen Händen die Gans an sich drückte, verspürte er zugleich den Geruch von Rotkraut und Äpfeln in der Nase. Und immer wieder murmelte sein schwerer Bass den Satz durch den nebligen Novembertag: „Aber etwas muss man doch fürs Herze tun."
Ein Hausvater, der eigenmächtig etwas für den Haushalt eingekauft hat, verliert, sobald er seiner Wohnung sich nähert, mehr und mehr den Mut. Er ist zu Hause schutzlos den Vorwürfen und dem Hohn seiner Hausgenossen preisgegeben, da er bestimmt unrichtig und zu teuer eingekauft hat. Doch in diesem Falle erntete Vater Löwenhaupt überraschend hohes Lob. Mutter Löwenhaupt fand die Gans fett, gewichtig und preiswert. Das Hausmädchen Theres lobte das schöne weiße Gefieder;

sie stellte die Frage, wo das Tier bis Weihnachten sich aufhalten solle?
Die zwölfjährige Elli, die zehnjährige Gerda und das kleine Peterle – Löwenhaupts Kinder – sahen aber hier überhaupt kein Problem, da es ja noch das Bad und das Kinderzimmer gäbe und das Gänschen unbedingt Wasser brauche, sich zu reinigen. Die Eltern entschieden jedoch, dass die neue Hausgenossin im Allgemeinen in einer Kiste in dem kleinen warmen Kartoffelkeller ihr Quartier beziehen solle und dass die Kinder sie bei Tage eine Stunde lang draußen im Garten hüten dürften.
So war das Glück allgemein.
Anfangs befolgten die Kinder genau diese Anordnung der Eltern. Eines Abends aber begann das siebenjährige Peterle in seinem Bettchen zu klagen, dass „Gustje" (das ist die Kurzform von Auguste: Gustchen) – man hatte die Gans aus einem nicht erfindbaren Grunde Auguste genannt – bestimmt unten im Keller friere. Seine Schwester Elli, der man im Schlafzimmer die Aufsicht über die beiden jüngeren Geschwister übertragen hatte, suchte das Brüderchen zu beruhigen, dass Auguste ja ein dickes Daunengefieder habe, das sie aufplustern könne wie eine Decke.
„Warum plustert sie es auf?", fragte das Peterle.
„Ich sagte doch, dass es dann wie eine Decke ist."
„Warum braucht Gustje denn eine Decke?"
„Mein Gott, weil sie dann nicht friert, du Dummerjan!"
„Also ist es doch kalt im Keller!", sagte jetzt Gerda.
„Es ist kalt im Keller!", echote Peterle und begann gleich zu heulen. „Gustje friert! Ich will nicht, dass Gustje friert. Ich hole Gustje herauf zu mir!"

Damit war er schon aus dem Bett und tapste zur Tür. Die große Schwester Elli fing ihn ab und suchte ihn wieder ins Bett zu tragen. Aber die jüngere Gerda kam Peterle zu Hilfe. Peterle heulte: „Ich will zu Gustje!" Elli schimpfte. Gerda entriss ihr den kleinen Bruder. Mitten in dem Tumult erschien die Mutter. Peterle wurde im Elternzimmer in das Bett der Mutter gelegt und den Schwestern sofortige Ruhe anbefohlen. Diese Nacht ging ohne Zwischenfall zu Ende.

Doch am übernächsten Tage hatten sich Gerda und Peter, der wieder im Kinderzimmer schlief, verständigt. Abwechselnd blieb immer einer der beiden wach und weckte den andern. Als nun die ältere Schwester Elli schlief und alles im Haus stille schien, schlichen die zwei auf nackten Zehenspitzen in den Keller, holten die Gans Auguste aus ihrer Kiste, in der sie auf Lappen und Sägespänen lag, und trugen sie leise hinauf in ihr Zimmer. Bisher war Auguste recht verschlafen gewesen und hatte bloß etwas geschnattert wie: „Lat mi in Ruh, lat mi in Ruh!"

Aber plötzlich fing sie laut an zu schreien: „Ick will in min Truh, ick will in min Truh!"

Schon gingen überall die Türen auf.

Die Mutter kam hervorgestürzt, Theres, das Hausmädchen, rannte von ihrer Kammer her die Stiegen hinunter. Auch die zwölfjährige Elli war aufgewacht, aus ihrem Bett gesprungen und schaute durch den Türspalt. Die kleine Gerda aber hatte in ihrem Schreck die Gans losgelassen, und jetzt flatterte und schnatterte Auguste im Treppenhaus umher. (Ein Glück, dass der Vater noch nicht zu Hause war!) Bei der nun einsetzenden Jagd durch das Treppenhaus und die Korridore verlor Auguste, bis man sie eingefangen hatte, eine Anzahl Federn. Die atemlose Theres schlug sie in eine Decke, woraus sie nunmehr ununterbrochen schimpfte: „Lat mi in Ruh, lat mi in Ruh. Ick will in min Truh!"

Und da begann auch noch das Peterle zu heulen: „Ich will Gustje haben! Gustje soll mit mir schlafen!"

Die Mutter, die ihn ins Bett legte, suchte ihm zu erklären, dass die Gans jetzt wieder in ihre Kiste in den Keller müsse.

„Warum muss sie in den Keller?", fragte Peterle.

„Weil eine Gans nicht im Bett schlafen kann."

„Warum kann denn Gustje nicht im Bett schlafen?"

„Im Bett schlafen nur Menschen; und jetzt sei still und mach die Augen zu!"

Die Mutter war schon an der Tür, da heulte Peterle wieder los: „Warum schlafen nur Menschen im Bett? Gustje friert unten; Gustje soll oben schlafen."

Als die Mutter sah, wie aufgeregt Peterle war und dass man ihn nicht beruhigen konnte, erlaubte sie, dass man die Kiste aus dem Keller heraufholte und neben Peterles Bett stellte: Und siehe da, während Auguste droben in der Kiste noch vor sich hin schnatterte: „Lat man gut sin, lat man gut sin, Hauptsach, dat ick in min Truh bin!", schliefen Peterle und seine Geschwister ein.

Natürlich konnte man jetzt Auguste nicht wieder in den Keller bringen, zumal die Nächte immer kälter wurden, weil es schon mächtig auf Weihnachten zuging. Auch benahm sich die Gans außerordentlich manierlich. Bei Tag ging sie mit Peter spazieren und hielt sich

getreulich an seiner Seite wie ein guter Kamerad, wobei sie ihren Kopf stolz hoch trug und ihren kleinen Freund mit ihrem Geplapper aufs Beste unterhielt. Sie erzählte dem Peterle, wie man die verschiedenen schmackhaften oder bitteren Gräser und Kräuter unterscheiden könne, wie ihre Geschwister – die Wildgänse – im Herbst nach Süden in wärmere Länder zögen und wie umgekehrt die Schneegänse sich am wohlsten in Eisgegenden fühlten. So viel konnte Auguste dem Peterle erzählen, und auf all sein „Warum" und „Weshalb" antwortete sie gern und geduldig. Auch die anderen Kinder gewöhnten sich immer mehr an Auguste. Peterle aber liebte seine Gustje so, dass beide schier unzertrennlich wurden. So kam es, dass eines Abends, als Peterle vom Bett aus noch ein paar Fragen an Gustje richtete, diese zu ihrem Freund einfach ins Bett schlüpfte, um sich leiser und ungestörter mit ihm unterhalten zu können. Elli und Gerda gönnten dem Brüderchen die Freude.
Am frühen Morgen aber, als die Kinder noch schliefen, hopste Auguste wieder in ihre Kiste am Boden, steckte ihren Kopf unter die weißen Flügel und tat, als sei nichts geschehen.
Doch das Weihnachtsfest rückte näher und näher. Eines Mittags meinte der Sänger Löwenhaupt plötzlich zu seiner Frau, dass es mit Auguste nun „so weit wäre". Mutter Löwenhaupt machte ihrem Mann erschrocken ein Zeichen, in Gegenwart der Kinder zu schweigen.
Nach Tisch, als der Sänger Luitpold Löwenhaupt mit seiner Frau allein war, fragte er sie, was das seltsame Gebaren zu bedeuten habe? Und nun erzählte Mutter Löwenhaupt, wie sehr sich die Kinder – vor allem

Peterle – an Auguste, die Gans, gewöhnt hätten und dass es ganz unmöglich sei …

„Was ist unmöglich?", fragte Vater Löwenhaupt. Die Mutter schwieg und sah ihn nur an.

„Ach so!", grollte Vater Löwenhaupt. „Ihr glaubt, ich habe die Gans als Spielzeug für die Kinder gekauft? Ein nettes Spielzeug! Und ich? Was wird aus mir?"

„Aber Luitpold, verstehe doch!", suchte die Mutter ihn zu beschwichtigen.

„Natürlich, ich verstehe ja schon!", zürnte der Vater. „Ich muss wie stets hintenanstehn!"

Und als habe diese furchtbare Feststellung seine sämtlichen Energien entfesselt, donnerte er jetzt los: „Die Gans kommt auf den Weihnachtstisch mit Rotkraut und gedünsteten Äpfeln! Dazu wurde sie gekauft! Und basta!"

Eine Tür knallte zu.

Die Mutter wusste, dass in diesem Stadium mit einem Mann und dazu noch mit einem Opernsänger nichts anzufangen war. Sie setzte sich in ihr Zimmer über ihre Näharbeit und vergoss ein paar Tränen. Dann beriet sie mit ihrer Hausgehilfin Theres, was zu tun sei, da bis Weihnachten nur noch eine Woche war. Sollte man eine andere, schon gerupfte und ausgenommene Gans kaufen? Doch dazu reichte das Haushaltungsgeld nicht. Aber was würde man, wenn die Gans Auguste nicht mehr da wäre, den Kindern sagen? Durfte man sie überhaupt belügen? Und wer im Haus würde es fertigbringen, Auguste ins Jenseits zu senden?

„Soll es der Herr selbst tun!", schlug Theres vor. Die Mutter fand diesen Rat nicht schlecht, zumal ihr Mann zu der Gans nur geringe persönliche Beziehungen hatte.

Als nun der Sänger Luitpold Löwenhaupt abends aus der Oper heimkam, wo er eine Heldenpartie gesungen hatte, und die Mutter ihm jenen Vorschlag machte, erwiderte er: „Oh, ihr Weibervolk! Wo ist der Vogel?"
Theres sollte leise die Gans herunterholen. Natürlich wachte Auguste auf und schrie sofort aus vollem Halse: „… Ick will min Ruh, min Ruh, lat mi in min Truh!"
Peterle und die Schwestern erwachten, es gab einen Höllenspektakel. Die Mutter weinte, Theres ließ die Gans flattern; diese segelte hinunter in den Hausflur. Vater Löwenhaupt, der jetzt zeigen wollte, was ein echter Mann und Hausherr ist, rannte hinter Auguste her, trieb sie in die Ecke, griff mutig zu und holte aus der Küche einen Gegenstand. Während die Mutter die Kinder oben im Schlafzimmer hielt, ging der Vater mit der Gans in die entfernteste, dunkelste Gartenecke, um sein Werk zu vollbringen. Die Gans Auguste aber schrie Zeter und Mordio, indessen die Mutter und Theres lauschten, wann sie endgültig verstummen werde. Aber Auguste verstummte nicht, sondern schimpfte auch im Garten immerzu. Schließlich trat Stille ein. Der Mutter liefen die Tränen über die Wangen, und auch Peterle jammerte: „Wo ist meine Gustje? Wo ist Gustje?"
Jetzt knarrte drunten die Haustür. Die Mutter eilte hinunter. Vater Löwenhaupt stand mit schweißbedecktem Gesicht und wirrem Haar da … doch ohne Auguste.
„Wo ist sie?", fragte die Mutter.
Draußen im Garten hörte man jetzt wieder schnatterndes Schimpfen: „Ick will min Ruh, ick will min Ruh! Lat mi in min Truh!"

„Ich habe es nicht vermocht. Oh, dieser Schwanengesang!“, erklärte Vater Löwenhaupt.
Man brachte also die unbeschädigte Auguste wieder hinauf zu Peterle, das ganz glücklich seine „Gustje“ zu sich nahm und, sie streichelnd, einschlief.

Inzwischen brütete Vater Löwenhaupt, wie er dennoch seinen Willen durchsetzen könne, wenn auch auf möglichst schmerzlose Art. Er dachte und dachte nach, während er sich in bläulich graue Wolken dichten Zigarrenrauches hüllte. Plötzlich kam ihm die Erleuchtung.
Am nächsten Tag mischte er der Gans Auguste in ihren Kartoffelbrei zehn aufgelöste Tabletten Veronal, eine Dosis, die ausreicht, einen erwachsenen Menschen in einen tödlichen Schlaf zu versetzen. Damit musste sich auch die Mutter einverstanden erklären.
Tatsächlich begann am folgenden Nachmittag die Gans Auguste nach ihrer Mahlzeit seltsam umherzutorkeln, wie eine Traumtänzerin von einem Bein auf das andere zu treten, mit den Flügeln dazu zu fächeln und schließlich nach einigen langsamen Kreiselbewegungen sich mitten auf dem Küchenboden hinzulegen und zu schlafen. Vergebens versuchten die Kinder sie zu wecken. Auguste bewegte etwas die Flügel und rührte sich nicht mehr. „Was tut Gustje?“, fragte Peterle. „Sie hält ihren Winterschlaf, erklärte ihm der Vater Löwenhaupt und wollte sich aus dem Staube machen. Aber Peterle hielt ihn fest. „Weshalb hält Gustje jetzt den Winterschlaf?“
„Sie muss sich ausruhen für den Frühling.“
Doch Vater Löwenhaupt war es nicht wohl bei dem

Examen. Er konnte seinem Söhnchen Peterle nicht in die Augen sehen. Auch die Mutter und das Hausmädchen Theres gingen den Kindern aus dem Wege.
Peterle trug seine bewegungslose Freundin Gustje zu sich hinauf in die kleine Kiste. Als die Kinder nun schliefen, holte Theres die Gans hinunter und begann sie – da Vater Löwenhaupt versicherte, die zehn Veronaltabletten würden einen Schwergewichtsboxer unweigerlich ins Jenseits befördert haben – Theres begann, wobei ihr die Tränen über die Wangen rollten, die Gans zu rupfen und sie dann in die Speisekammer zu legen.
Als Vater Löwenhaupt seiner Frau „Gute Nacht" sagen wollte, stellte sie sich schlafend und antwortete nicht. Bei Nacht wachte er auf, weil er neben sich ein leises Schluchzen vernahm. Auch Theres schlief nicht; sie überlegte, was man den Kindern sagen werde. Zudem wusste sie nicht, hatte sie im Traum Auguste schnattern gehört: „Lat mi in Ruh, lat mi in Ruh! Ick will in min Truh!"

So kam der Morgen. Theres war als Erste in der Küche. Draußen fiel in dicken Flocken der Schnee. Was war das? Träumte sie noch?
Aus der Speisekammer drang ein deutliches Geschnatter. Unmöglich! Wie Theres die Kammer öffnete, tapste ihr schnatternd und schimpfend die gerupfte Auguste entgegen. Theres stieß einen Schrei aus; ihr zitterten die Knie.
Auguste aber schimpfte: „Ick frier, als ob ick keen Federn nich hätt, man trag mich gleich wieder in Peterles Bett!"
Jetzt waren auch die Mutter und Vater Löwenhaupt

erschienen. Der Vater bedeckte mit seinen Händen die Augen, als stünde da ein Gespenst.
Die Mutter aber sagte zu ihm: „Was nun?"
„Einen Kognak! Einen starken Kaffee!", stöhnte der Vater und sank auf einen Stuhl.
„Jetzt werde ich die Sache in die Hand nehmen!", erklärte die Mutter energisch. Sie ordnete an, dass Theres den Wäschekorb bringe und eine Wolldecke. Dann umhüllte sie die nackte frierende Gans mit der Decke, legte sie in den Korb und tat noch zwei Krüge mit heißem Wasser an beide Seiten.
Vater Löwenhaupt, der inzwischen zwei Kognaks hinuntergekippt hatte, erhob sich leise vom Stuhl, um aus der Küche zu verschwinden.
Doch die Mutter hielt ihn fest; sie befahl: „Gehe sofort in die Breite Straße und kaufe fünfhundert Gramm gute weiße Wolle!"
„Wieso Wolle?"
„Geh, und frag nicht!"
Vater Löwenhaupt war noch so erschüttert, dass er nicht widersprach, seinen Hut und Überzieher nahm und eiligst das Haus verließ.

Schon nach einer Stunde saßen die Mutter und Theres im Wohnzimmer und begannen für Auguste aus weißer Wolle einen Pullover zu stricken. Am Nachmittag nach Schulschluss halfen ihnen die Töchter Elli und Gerda. Peterle aber durfte seine Gustje auf dem Schoß halten und ihr immer den neuen entstehenden Pullover, in dem für die Flügel, den Hals, die Beine und den kleinen Sterz Öffnungen bleiben mussten,

anprobieren helfen. Bereits am Abend war das Kunstwerk beendet.
Schnatternd und schimpfend, aber doch nicht mehr frierend, stolzierte Auguste nun in ihrem wunderschönen weißen Wollkleid durchs Zimmer. Peterle sprang um sie herum und freute sich, dass Gustjes Winterschlaf so schnell zu Ende war, dass er wieder mit ihr spielen und sich unterhalten konnte.
Auguste aber schimpfte: „Winterschlaf ist schnakkeschnick; hätt ick min Federn bloß zurück!"
Als Vater Löwenhaupt zum Abendessen kam und Auguste in ihrem schicken Pullover mit Rollkragen um den langen Gänsehals dahertapsen sah, meinte er: „Sie ist schöner als je! So ein Exemplar gibt es auf der ganzen Welt nicht mehr!"
Die Mutter aber erwiderte hierauf nichts, sondern sah ihn bloß an.
Natürlich musste man für Auguste noch einen zweiten Pullover stricken, diesmal einen grau-blauen, zum Wechseln, wenn der weiße gewaschen wurde. Natürlich nahm Auguste als wesentliches Mitglied der Familie groß am Weihnachtsfest teil. Natürlich war Auguste auch das am meisten bewunderte Lebewesen des ganzen Stadtteils, wenn Peterle mit der Weihnachtsgans in ihrem schmucken Sweater spazieren ging.
Und als der Frühling kam, war der Auguste bereits wieder ein warmer Federflaum gewachsen. So konnte man den Pullover mit den anderen Wintersachen einmotten. Gustje aber durfte jetzt sogar beim Mittagstisch auf dem Schoß von Peterle sitzen, wo sie ihr kleiner Freund mit Kartoffelstückchen fütterte.

Sie war der Liebling der ganzen Familie. Und der Vater Löwenhaupt bemerkte immer wieder stolz: „Na, wer hat euch denn Auguste mitgebracht? Wer?“
Die Mutter sah ihn an und lächelte. Peterle jedoch echote: „Ja, wer hat Gustje uns mitgebracht?“; dann hob er seine Gustje empor und ließ sie dem Vater „einen Kuss“ geben, was bedeutete, dass Auguste den Vater Löwenhaupt schnatternd mit ihrem Schnabel in die Nase zwickte.
Spätabends im Bett aber fragte Peterle seine Gustje, indem er sie fest an sich drückte: „Warum hast du denn vor Weihnachten den Winterschlaf gehalten?“
Und Gustje antwortete schläfrig: „Weil man mir die Federn rupfen wollte.“
„Und warum wollte man dir die Federn rupfen?“
„Weil man mir dann einen Pullover stricken konnte“, gähnte Gustje, halb schon im Schlaf.
„Und warum wollte man dir denn einen Pullover …“
Aber da geht es auch bei Peterle nicht mehr weiter. Mit seiner Gustje im Arm ist er glücklich eingeschlafen.

FRIEDRICH WOLF

Der doppelte Weihnachtsmann

Ich muss ungefähr sechs Jahre alt gewesen sein, als ich anfing, nicht mehr so recht an den Weihnachtsmann zu glauben.

„Gibt es den Weihnachtsmann eigentlich wirklich?“, fragte ich Mama, als wir am Nachmittag gemütlich zusammensaßen und Weihnachtsschmuck bastelten.

„Du hast ihn doch oft gesehen“, sagte Mama. „Erinnerst du dich nicht an letztes Weihnachten, wie er hereinkam hier ins Zimmer, mit seinem langen Mantel und seinem weißen Bart? Wir haben doch zusammen Weihnachtslieder gesungen.“

„Jaja“, sagte ich. „Aber wie viel Weihnachtsmänner gibt es eigentlich?“

„Wie viele? Natürlich nur einen. *Den* Weihnachtsmann!“, sagte sie.

„Und der kommt auch zum Klaus?“, fragte ich weiter. Klaus war mein Freund. Er wohnte ein paar Häuser weiter.

„Ja, natürlich“, sagte Mama.

„Und zur Elke nach Paderborn auch?“ Elke war vor zwei Monaten mit ihren Eltern nach Paderborn gezogen.

„Ja, zu Elke auch“, sagte Mama.

„Und zu den Kindern in München und in Hamburg?“, fragte ich.

„Zu denen kommt er auch!“

„Wie kann er denn am gleichen Abend in München und in Hamburg und in Paderborn sein?“, fragte ich.

„Wie er das kann, weiß ich auch nicht“, sagte Mama. „Er kann es halt. Dafür ist er eben der Weihnachtsmann. Als Weihnachtsmann kann er vielleicht an zwei Orten gleichzeitig sein.“

Damit waren meine Zweifel aber noch lange nicht verschwunden. Ich hatte sogar einen bestimmten Verdacht.

„Wieso ist Papa eigentlich nie dabei, wenn der Weihnachtsmann kommt?“, fragte ich.

Mama tat erstaunt. „Ist er denn nie dabei?“, fragte sie.

„Nein“, antwortete ich. „Jedes Mal sagt er am Weihnachtsabend, er müsse noch was erledigen, und dann geht er weg. Und gleich darauf kommt dann der Weihnachtsmann. Und wenn der Weihnachtsmann mit dir und mir Lieder gesungen hat und wieder weggegangen ist, dann kommt Papa zurück und fragt uns, wie es denn gewesen sei mit dem Weihnachtsmann!“

„So ein Zufall!“, sagte Mama. „Ich werde Papa sagen, dass er diesmal dableiben soll, wenn der Weihnachtsmann kommt.“

Als Papa am Abend nach Hause gekommen war, hörte ich die beiden in der Küche halblaut miteinander reden. Ich ging leise zur offenen Küchentür, um zuzuhören.

„*Du* kannst es jedenfalls nicht mehr machen“, sagte Mama gerade zu Papa. „Er hat etwas gemerkt.“

„Aber wer denn dann?“, fragte Papa.

„Vielleicht Robert?“, sagte Mama. „Wir haben Robert doch sowieso zu Weihnachten eingeladen.

Da kann er ja …“

In diesem Augenblick sah sie mich in der Tür stehen, brach mitten im Satz ab und sagte zu mir: „Du musst jetzt mal in dein Zimmer gehen. Wir wollen gerade etwas Wichtiges besprechen. Etwas, das nur die Erwachsenen angeht."
Damit schob sie mich in mein Zimmer, und ich konnte nicht erfahren, was die beiden wohl besprechen wollten.

Drei Tage später war Weihnachtsabend. Wir saßen im Esszimmer und warteten auf den Weihnachtsmann. Und auf Onkel Robert. Onkel Robert war der Bruder von Papa. Er wollte dieses Weihnachten mit uns feiern.
„Wo Robert nur bleibt?", sagte Papa und schaute auf die Uhr. „Er wollte doch schon längst da sein."
„Es schneit. Vielleicht kommt er mit dem Auto nicht durch", sagte Mama.
„Hoffentlich hast du nicht recht", meinte Papa und schaute wieder auf die Uhr.
Wir warteten eine Viertelstunde, eine halbe Stunde, und ich fragte alle fünf Minuten, wann denn der Weihnachtsmann käme. Aber er kam nicht. Und Onkel Robert auch nicht.
Papa wurde immer ungeduldiger. Plötzlich sprang er auf, ging aus dem Zimmer und rief uns im Hinausgehen zu: „Ich muss noch'ne Kleinigkeit erledigen. Es dauert nicht lange, ich bin gleich wieder da!"
Ich fand es sehr schade, dass Papa gerade jetzt weg musste. Ich hatte Sorge, der Weihnachtsmann könnte vielleicht wieder gerade dann kommen, wenn Papa weg wäre. Und wirklich: Papa war kaum fünf Minuten aus

dem Zimmer, da klopfte es an die Tür, und der Weihnachtsmann kam herein.

Es war wie jedes Jahr: Erst fragte er mich, ob ich auch immer schön brav gewesen wäre. Dann sangen wir zusammen „Stille Nacht“ und gingen alle hinüber ins Weihnachtszimmer.

Nach einer Weile sagte Mama: „So, lieber Weihnachtsmann, jetzt hast du dir einen ordentlichen Schluck verdient, jetzt darfst du in die Küche gehen und was trinken!“ Und der Weihnachtsmann ging in die Küche.

Kaum war der Weihnachtsmann hinter der Küchentür verschwunden, da hörten Mama und ich vom Flur her laute Schritte und Gepolter.

„Um Gottes willen!“, rief Mama, irgendwie erschrocken.

„Nein, Robert …“

Da ging die Tür auf. Aber es war nicht Robert, der hereinkam, sondern der Weihnachtsmann. Weiß der Himmel, wie er es geschafft hatte, von der Küche aus in den Flur zu kommen! Vielleicht war er aus dem Küchenfenster gestiegen und zum Flurfenster wieder herein. Er kam direkt auf mich zu. Ich war so damit beschäftigt, meine Geschenke auszupacken, dass ich ihn gar nicht weiter beachtete. Schließlich hatten wir uns ja eben lange unterhalten und zusammen ein Lied gesungen!

„Na, willst du denn gar nicht aufstehen?“, fragte der Weihnachtsmann mit tiefer Stimme und baute sich vor mir auf.

Erstaunt stellte ich mich vor ihn hin.

„Nun, bist du denn auch immer brav gewesen?“, fragte er und schaute mich streng an.

„Das hab ich dir gerade doch schon gesagt", sagte ich erstaunt.
„Wann gerade?", fragte der Weihnachtsmann.
„Na eben", sagte ich. „Bevor wir zusammen gesungen haben."
„Wann sollen wir gesungen haben?", fragte der Weihnachtsmann ganz ratlos.
Ich wusste nicht, ob er wirklich so vergesslich war, oder ob er vielleicht einen Spaß machen wollte. Ich sagte mal überhaupt nichts.
„Was haben wir denn angeblich gesungen?", fragte der Weihnachtsmann weiter.
„Na, ‚Stille Nacht, hei'..." So weit war ich gerade gekommen, da schaute ich zufällig zur Küchentür hinüber. Und da sah ich etwas so Verwunderliches, dass ich aufhörte zu reden und mit offenem Mund staunte. Mama hatte doch recht gehabt! Der Weihnachtsmann konnte wirklich an mehreren Orten gleichzeitig sein. Denn der Weihnachtsmann stand nicht nur vor mir, mit seinem langen Mantel und seinem weißen Bart, er stand auch gleichzeitig in der Küchentür, hatte ein Glas Wein in der Hand und schaute verblüfft zu uns ins Zimmer. Als der Weihnachtsmann sich sah (oder muss man sagen: Als die Weihnachtsmänner einander sahen?), machten beide kehrt, gingen hastig aus dem Zimmer und klappten die Tür hinter sich zu.
Nach einer Weile kam Papa zurück. Und mit ihm Onkel Robert, der inzwischen auch eingetroffen war.
„Stellt euch vor, ich habe den Weihnachtsmann doppelt gesehen!", erzählte ich ihnen gleich aufgeregt.
Aber sie gingen gar nicht darauf ein, sondern meinten

nur, es sei höchste Zeit, dass wir nach all diesen Aufregungen mit dem Weihnachtsabendessen begännen.
Was sie allerdings mit „Aufregungen“ meinten, ist mir nie ganz klargeworden. Denn schließlich waren Papa und Onkel Robert ja gar nicht dabei gewesen, als *ich* diese aufregende Weihnachtsmannverdopplung erlebte!

Paul Maar

Das Licht war schneller

Karin war mit dem Zug am frühen Nachmittag gekommen. Als sie ausstieg, bemerkte sie, dass der Himmel sich bezogen hatte. Sie würde sich beeilen müssen, wenn sie den Aufstieg bis zur Hütte noch schaffen wollte. Sechs Stunden etwa brauchte man. Das wusste sie aus den vergangenen Jahren. Die Bahnhofsuhr zeigte 14.30 Uhr. „Ich muss es schaffen", dachte sie. Entschlossen schulterte sie Rucksack und Skier und schlug den Weg nach der Hausnummer 14 ein. Sie kannte die Kronlachners von der Skifreizeit im letzten Jahr. Die Gruppe bekam dort jedes Mal ein kräftiges Tiroler Vesperbrot, um für den Aufstieg gerüstet zu sein. Dieses Jahr hatte Karin ihren Urlaub um drei Tage verschieben müssen. Eine Kollegin war plötzlich erkrankt. Aber nun hatte es doch noch geklappt. Die Müdigkeit der langen Reise von Bremen bis Kirchdorf war in der frischen Luft wie weggeblasen. Kronlachners würden Augen machen.
Wenig später saß sie bei einem Roten und Tiroler Speck der Bäuerin gegenüber. Die schlug die Hände über dem Kopf zusammen, als sie hörte, dass Karin jetzt noch aufsteigen wollte.
„Fräulein, das dürfens net. Das Wetter schlägt um. Seit Tagen spür ich's schon im Knie. Wartens bis morgen.

Wir richten Ihnen eine Kammer, und morgen muss der Sepp sowieso hinauf. Fleisch und Butter bringen und die Post. Da gehens mit ihm." Aber Karin hatte sich schon so gefreut, so oft schon hatte sie sich vorgestellt, was die anderen für Augen machen würden, wenn sie zur Hütte hereinkäme, dass sie das gut gemeinte Angebot ausschlug.

„Die Post kann ich dann schon mitnehmen. Aber wenn ich meinen schweren Rucksack hier bei Ihnen lassen dürfte ...?" Sie hatte es plötzlich eilig. Die paar Briefe und Karten waren schnell verstaut, dazu Schokolade, Apfelsinen, Nüsse und auch das Brot, das die Bäuerin ihr noch zugesteckt hatte. Beinahe hätte sie in der Eile vergessen, die Felle aus dem Rucksack zu nehmen. Ohne diese Felle unter den Skiern würde sie den Aufstieg nicht schaffen. Das wusste sie. Sorgfältig kontrollierte sie noch einmal ihre Ausrüstung. Kurze Zeit später stapfte sie dem Ortsausgang zu. Auf ihrer Armbanduhr war es 15.15 Uhr. Höchste Zeit. Sie legte einen schnellen Schritt vor.

Am Ortsausgang begegnete ihr ausgerechnet noch der Altbauer Kronlachner. Sie dachte an den Zeitverlust, den ihr ein Gespräch einbringen würde, und wollte sich mit einem kurzen „Grüß Gott" vorbeistehlen. Aber da hatte er sie schon erkannt. „Ja mei. Fräulein Karin, wo wollens denn noch hin?" Sie antwortete ihm. Aber er ließ sie kaum ausreden.

„Zu spät, sag i, und das Wetter schlägt um. Es gibt Schnee. Das Radio hats auch gemeldet. Also bleibens. Wenigstens bis morgen früh."

Sie war jetzt geradezu trotzig entschlossen. Darum fiel

die Antwort schärfer aus, als sie es eigentlich gewollt hatte. „Ich werde schon selber wissen, was ich zu tun habe. Außerdem kenne ich den Weg noch vom letzten Jahr."

„Ja, bei schönem Wetter. Aber heut, da ists gefährlich. Also, seins vernünftig."

Solche Sätze kannte sie zur Genüge. Vernünftig! So oft sie es sonst sein musste, jetzt nicht! Abrupt drehte sie sich um und stapfte mit geschulterten Skiern bergan. Sie kam ziemlich flott voran. Der Weg war gebahnt bis zum letzten Bauernhof, und es hatte seit Tagen keinen Neuschnee gegeben. Nach einer halben Stunde erreichte sie die Tannengruppe mit dem Wegweiser „Adlerspoint". Er zeigte den Einstieg in den Waldweg an. Die nächsten anderthalb Stunden würde es ziemlich steil bergauf gehen. Das wusste sie noch vom letzten Jahr, und sie erinnerte sich an die Witzeleien am Anfang und das angestrengte Schweigen am Schluss, das nur ab und zu durch ein Stöhnen unterbrochen worden war. Heute konnte sie selbst das Tempo bestimmen. Das Gefühl, unbeschwert und frei zu sein, und die klare winterliche Waldluft beschwingten ihren Schritt. Sie kam gut voran. Sie wusste von früher: An den Stellen, wo die Lawinenschneisen den Waldweg kreuzen, musst du aufpassen! Aber langes Sichern war nicht nötig. Ein Blick ins Tal bestätigte ihr, dass die Lawinen schon abgegangen waren. Sie nahm das alles als freundliches Zeichen für einen guten Verlauf. In dieser Stimmung erschreckte sie auch das Rudel Rehe nicht, das an ihr vorbei zu Tal stob. Wenig später hatte sie den Waldrand erreicht. 17.00 Uhr, stellte sie fest, eine gute Zeit. Besser als erwartet. Grund genug, eine Rast mit Schokolade und Apfelsinen einzulegen. Alles lief nach Plan. Lächelnd dachte sie an die Warnungen der Kronlachners.

Nun galt es, das schwerste Stück in Angriff zu nehmen: den Aufstieg mit Skiern bis zum Hochplateau. Sie löste die Felle, die sie um den Leib geschlungen hatte, und befestigte sie an den Brettern. Dann, nachdem sie sich vergewissert hatte, dass die Fangriemen eingeschnappt waren, schob sie los. Es war dämmrig geworden. Und gerade, als sie aus dem Wald zum freien Hang hinausglitt, fing es an zu schneien. Ganz sachte zuerst. Die Flocken taten dem erhitzten Gesicht gut. Wind kam auf. Er trieb ihr das Wasser in die Augen. Sie zog ihre Schneebrille auf, die sie einigermaßen schützte. Der Schneefall wurde dichter. Sie wusste: Ich muss mich immer aufwärts halten, dann werde ich irgendwie auf den Hohlweg kommen. Langsam brach die Nacht herein. Karin schob die Schneebrille hoch. Mit halbgeschlossenen Augen blinzelnd, tastete sie sich Schritt für Schritt am Hang entlang. Auf einmal merkte sie, dass es unter ihren Füßen steil wurde. Es musste der Gegenhang sein, der in den Hohlweg hineinführte. Sie hoffte es jedenfalls. Das Leuchtzifferblatt ihrer Uhr zeigte jetzt 18.00 Uhr. Der Wind ließ plötzlich nach. Das Schneeflockengewirbel hörte auf, und sie erkannte den steilen Hochweg, der zum Plateau hinaufführte. Der richtige Zeitpunkt, eine Verschnaufpause einzulegen.

Sie überlegte sich, wie der Weg nun weitergehen musste: Zunächst am Rand des Hochplateaus, links an der verfallenen Hütte vorbei, dann an den Pfosten des Viehzauns entlang auf eine Waldgruppe zu, und zwischen diesen Bäumen geradeaus immer bergauf. Ganz genau sah sie den Weg vor sich. So zog sie wieder los. Die verfallene Hütte war leicht zu finden. Die Pfähle schauten gerade noch so weit aus dem Schnee, dass man sie als dunkle Punkte erkennen kennte. Als sie die Baumgruppe erreichte, setzte wieder dichtes Schneetreiben ein. Es fiel ihr immer schwerer, sich zu orientieren. Bergauf – das ist wichtig, dachte sie. Sie versuchte das Tempo zu steigern. Atemlos geworden, erholte sie sich im Windschatten einer großen Fichte. Zum ersten Mal bedauerte sie es, nicht doch auf die Warnungen der Kronlachners gehört zu haben. Aber zum Umkehren war es jetzt zu spät.

Inzwischen war es kurz vor 20 Uhr geworden. Eigentlich konnte es nun nicht mehr weit sein. „Adlerspoint" lag in einem weiten, freien Gelände am Hang. Die Hütte war sonst schon von Weitem zu sehen. Aber heute? Angestrengt blickte sie nach vorn, ob irgendwo im Schneetreiben das Licht der Hütte zu sehen war. Aber so sehr sie auch in die Dunkelheit starrte, durch den unaufhörlich fallenden Schnee war nichts zu sehen. Immer häufiger musste sie Pausen einlegen. Um sich zu beruhigen, summte sie Lieder vor sich hin, die ihr gerade einfielen.

Als es 21 Uhr geworden war, wusste sie, dass sie sich verirrt hatte. Die aufkommende Angst machte sie nervös. Willkürlich schlug sie eine andere Richtung ein. Es schneite und schneite. Jetzt bereute sie, dass sie nicht doch ein Telegramm geschickt hatte. Vielleicht wären ihr die Freunde von der Hütte entgegengekommen.

Sicher hätten sie das getan. Ihre Nervosität wuchs. Nur nicht aufgeben, dachte sie. Sie lief und stieg, stapfte und glitt dahin. Plötzlich merkte sie, dass es bergab ging. Das konnte nicht stimmen. Also kehrte sie wieder um. Immer häufiger musste sie Pause machen. Erschöpft stützte sie sich auf ihre Skistöcke. Die schwindende Kraft machte sie immer unsicherer. Sie versuchte es mit Rufen und Schreien. Der dichte Schneefall schluckte jedoch jeden Ton. Warum hatte sie auch nicht auf die gehörte, die doch Bescheid wussten, die das Wetter kannten, die Landschaft, die Schwierigkeiten eines solchen Aufstiegs? Die Selbstvorwürfe häuften sich.
Bei einer Baumgruppe machte sie halt. Es war 23 Uhr. Sie lehnte sich an eine windschiefe Tanne und überlegte, was zu tun sei. Da waren noch die Streichhölzer und vielleicht ein Stück Papier. Also ein Feuer in der Hoffnung, dass ... ?
Sie versuchte es. Die Verpackung der Schokolade, ein paar alte Rechnungen, die Briefe? Nein, die natürlich nicht. Schnell erlosch das aufflackernde Feuer wieder, erstickt von der Dunkelheit, zugedeckt von den unaufhörlich fallenden Flocken. Wie sollten es die anderen auch sehen, wenn sie nicht einmal wussten, dass da jemand zu ihnen unterwegs war?
Inzwischen saßen sie in der Hütte zusammen. Es war ein Tag mit herrlichen Skitouren gewesen. Nun brannte das Feuer im Kamin, die Holzscheite knisterten und verbreiteten einen harzigen, wohligen Geruch. Der Tiroler Rote tat ein Übriges und die Gespräche hatten jene Weite, die den Alltag vergessen lässt. Pläne für den kommenden Tag wurden geschmiedet, für die nächsten

Skitouren, für ein kleines Skirennen. Und dann hatte der Jüngste plötzlich eine Idee: „Ich habe hier ein paar Raketen gefunden. Wahrscheinlich noch von Silvester. Irgendjemand hat sie liegengelassen. Machen wir doch ein Feuerwerk."

„Ein Feuerwerk – für wen?", fragte einer. „Neujahr ist doch vorbei!"

„Für niemanden", sagte der Jüngste, der die Raketen gefunden hatte, „für die Nacht, für den Schnee, für den Fuchs und die Hasen, für irgendjemand." Lachend rannten sie nach draußen und brannten die Raketen ab. Viele waren es nicht. Drei Stück. Zischend zogen die Raketen nach oben. Ihr Licht zeigte, wie dicht der Schnee fiel. Als das Feuerwerk erloschen war, schien allen, als sei die Nacht noch dunkler als zuvor.

Bei der ersten Rakete hatte Karin noch gemeint, es sei Einbildung gewesen. Ein Wunschtraum, den ihre Phantasie ihr vorgegaukelt hatte. Aber als dann das zweite und dritte Licht die Dunkelheit aufriss, da wusste sie: Dort ist die Hütte. Dort ist die Rettung. Und den Blick starr auf jene Stelle gerichtet, wo das Licht erloschen war, spurte sie los.

In der Hütte war das Spiel mit den Raketen schon fast vergessen. Der neue Schneefall hatte Begeisterung ausgelöst. Pulverschnee auf allen Hängen – das war genau das, was sie sich gewünscht hatten. Pläne wurden umgeworfen, Skiwanderungen vorbereitet, über die notwendige Ausrüstung diskutiert – da klopfte es plötzlich an der Tür. Sie meinten, sie hätten sich verhört oder jemand treibe einen Scherz. Aber einer, der der Tür am nächsten saß, stand doch auf: „Mal nachsehen, welcher

Berggeist sich da ankündigt", und er ging zur Tür, schob den Riegel zurück, öffnete und sprang zur Seite, als eine verschneite Gestalt vor ihm zu Boden stürzte.
Nach dem ersten Schreck rannten alle zur Tür:
„Karin, wo kommst du denn her?"
„Wie konntest du da durchkommen?"
„Wie hast du das bloß geschafft?"
Später, als sie alle ihre Lebensgeister wieder beisammen hatte, erzählte sie. Sie ließ nichts aus, weder ihre trotzige Reaktion gegen die Kronlachners noch die Hoffnungslosigkeit, in der sie sich fast aufgegeben hatte.
„Wenn ihr nicht gewesen wärd, dann ..." Sie vollendete den Satz nicht. Aber jeder wusste, was dann aus ihr geworden wäre.
„Glück gehabt", sagte jemand vom Kaminfeuer her.
„Glück?", fragte ein anderer. „Glaubst du, dass das ein Zufall war mit den Raketen?"
„Ich glaube nicht, dass es ein Zufall war", sagte Karin leise.
Draußen schneite es weiter. Unaufhörlich. Es schneite drei Tage und drei Nächte. Im Wetterbericht hieß es: ein Kälteeinbruch. Die Lawinendienste warnten. Die Zeitungen schrieben von abgeschnittenen Dörfern und Hütten.

Johannes Kuhn

Christbaums Freud und Leid

Wer hat den schönsten Weihnachtsbaum

Rektor Scheffler war anzumerken, dass er nicht genau wusste, welchen Kurs er vorgeben sollte: Einerseits war Genosse Leonid Iljitsch gestorben, kaum zwei Monate war es her, und das große Schiff Sozialismus trieb führerlos dahin. Andererseits näherte sich das Weihnachtsfest – und jede Einschränkung, die eine bestimmte Grenze überschritt, würde nicht als Pietät, sondern als Schwäche, als Eingeständnis und Ausdruck einer Lähmung, aufgefasst werden. Richard ließ den Blick durch das Rektoratszimmer schweifen, Breshnews Gorilla-Gesicht mit den verschlagen blickenden, tiefliegenden Äuglein unter Flaschenbürstenbrauen, der schwarze Streifen in der Ecke der Fotografie, daneben der Genosse Staatsratsvorsitzende im grauen Anzug vor himmelblauem Hintergrund, ein gewinnendes Lächeln auf den Lippen; dann die Reihe von Schefflers Vorgängern.

„Sie lehnen meine Vorlesung also ab."

„Herr Hoffmann, bitte." Scheffler machte eine unwillige Bewegung. „Haben Sie doch Verständnis für meine Lage. Genug, dass nun wieder dieser alberne Weihnachtsbaumkrieg beginnt!"

„Wir haben kaum noch Schmerzmittel, Genosse Rektor."

„Ja, ich weiß. Heute morgen war der Apotheker bei mir. Herr Hoffmann, ich bitte Sie um eins – keine Panik. Wir werden Abhilfe schaffen. Noch heute habe ich einen Termin bei Barsano. Seine Frau wird dabei sein. Ich werde darum ersuchen, dass das Friedrich Wolf uns hilft."
Das hatte dieses Krankenhaus noch nie getan, Scheffler wusste es, Richard wusste es. „Keine Panik, das ist jetzt das wichtigste. Es gibt schon genug Gerüchte. Und es bleibt bitte unter uns, was wir besprochen haben."
Wernstein sagte, als Richard und er sich vor den OP-Sälen die Hände wuschen: „Die von der Inneren sollen einen schönen Tannenbaum gefunden haben!"
„Und unserer?"
„Die Oberschwester ist auf dem Striezelmarkt gewesen, beim Tannenbaumverkauf. Nur Lahme, Krumme und Versehrte."
Damit drohte die Chirurgische Klinik den Prestigewettstreit um den schönsten Tannenbaum zu verlieren, und das ausgerechnet gegen die Innere Medizin! Das durfte nicht sein, wurde in einer eigens angesetzten Konferenz beschlossen. In der Orthopädie hatte Wernstein ein rachitisches Exemplar entdeckt, wahrscheinlich in märkischer Sanddürre großgeworden; in der Augenklinik ein wohlproportioniertes, anmutiges, doch kaum fünf Dioptrien hohes Exemplar; in der Urologie eine ungeschlachte Douglasfichte, unten drei Meter breit, aber nur zweifünfzig hoch, und außerdem endete sie in einem Quirl aus drei Zweigen. Die Neurologie trat mit einem Exemplar vom Striezelmarkt an, es war unten einen Meter breit und dreifünfzig hoch, schmal, spröde und reizbar, denn es hatte sofort genadelt und bis jetzt nicht damit aufgehört.

Abends ging Richard in den Planetenweg. Kühnast hatte zu Hause kein Telefon, und der Pförtner im Arzneimittelwerk hatte nicht durchstellen können. Richard hatte im Tausendaugenhaus angerufen und Alois Lange gebeten, dem Chemiker einen Zettel an die Tür zu stecken. Für diese Art Nachrichten gab es überall im Viertel Zettelkästen an den Türen, daneben Bleistifte an Bindfäden. Bitte klopfen, Klingel defekt; stand unter Kühnasts Schild.

„Ah, Herr Hoffmann, kommen Sie 'rein. Hab' Herrn Langes Zettel gelesen. – Nein, nein, Schuhe können Sie anlassen. Bitte hier entlang." Sie gingen ins Wohnzimmer, an Bücherschäften vorbei, zwischen denen Gas- und Stromzähler tickten. Glasschlifftüren, an der Flurdecke, feine Risse, abblätternder Stuck. „Meine Frau hat ein paar Schnittchen zurechtgemacht." Kühnast wies auf ein Tablett. „Was trinken Sie?"

„Einen Ihrer Liköre, wenn's erlaubt ist."

Über Kühnasts Gesicht zuckte Freude. „Naja, wir sind noch im Versuchsstadium. Hat sich das ...", der Chemiker rückte seine mit Heftpflaster geflickte Brille zurecht, „bis zu Ihnen herumgesprochen? Ich kann Pfirsich empfehlen." Kühnast schenkte ein, beobachtete Richard, der das Glas mit der in wildem Abendrot gehaltenen Flüssigkeit kippte.

„Stark."

„Nicht wahr?" Der Chemiker setzte sich, schlug ein Bein übers andere. „Also. Was kann ich für Sie tun, Herr Hoffmann?"

Richard schilderte das Problem. „... und dachte, da Sie, im Arzneimittelwerk ..."

„An der Quelle.“ Herr Kühnast nickte, nahm nach einer Weile die Brille ab und ließ sie am geflickten Bügel baumeln. In Bälde sei Weihnachten, sagte er bedächtig. Richard verstand nicht ganz. Der Dresdner Christstollen sei berühmt, und zu Recht, fuhr Kühnast fort. Butter, Zucker, Mehl, Suckade, Sultaninen – es falle ihm von Jahr zu Jahr schwerer, die exotischen Zutaten zu besorgen: Bäcker Walther sehe sich mehr und mehr gezwungen, gegen Abgabe der Zutaten zu backen. Sultaninen, woher nehmen? Fett müsse der Stollen sein, beim Quetschen müsse der Schnitt feucht werden, schwer müsse der Stollen sein, nahrhaft, eine Weile angenehm im Magen warten, den Verdauungsenzymen süße, aber nicht süßliche Gesellschaft leisten, sultaninenreich müsse der Stollen sein, vom Bäcker Walther müsse der Stollen sein. „Zwanzig Stück, Herr Hoffmann. Meine Verwandtschaft, Sie verstehen.“

Mit Wernstein und Dreyssiger, den unternehmungslustigsten jüngeren Ärzten der Chirurgischen Klinik, besuchte Richard Malivor Marroquins Kostümverleih. Jeder lieh ein Weihnachtsmannkostüm aus. „Etwas unbequem, aber es wird schon gehen! Und Tarnung muss sein.“
Sie stellten Auto nebst Anhänger am Heiderand ab. Der Mond lugte zwischen den Baumwipfeln hervor und ließ den Schnee neben dem Waldweg wie welliges Zink erscheinen. Dreyssiger schulterte die Zimmermannssäge, Wernstein nahm die Axt, Richard den Bolzenschneider.
„Wenn man nichts schiefgeht“, gab Wernstein zu bedenken.

„Wenn wir erwischt werden, sind wir geliefert."

„Ach was, wird schon klappen", sagte Dreyssiger aufgekratzt.

„Wer wagt, gewinnt. Oder willst du jetzt kneifen, Thomas."

„Wenn nur der blöde Bart nicht so jucken würde. Schätze, der hat in zentnerweise Mottenpulver gelegen. Riecht auch danach."

„Ab jetzt Vorsicht, Männer", mahnte Richard. „Zur Schonung sind es ungefähr zehn Minuten von hier. Sie ist bewacht. Von Förster Busse auf einem Hochsitz und einem Soldaten. Das hat mir der hiesige Pfarrer verraten. Busse dürfte seinen Hund dabeihaben."

Wernstein hielt grinsend eine halbe Blutwurst hoch. „Ausgezeichnet."

„Ich hasse Blutwurst, Herr Oberarzt."

„Der schönste Baum steht etwas für sich in der Mitte. Man soll ihn von der Anhöhe vor der Schonung gut sehen können."

„Ziemlich genaue Kenntnisse, Ihr Herr Pfarrer."

„Niemand kann ihn hindern, seine Waldspaziergänge mit Beobachtungen zu verbringen. Aber weiter. Die Schonung ist eingezäunt, Förster Busses Ansitz ungefähr fünfzig Meter vom Weg entfernt; der Soldat patrouilliert am Zaun entlang. Wir werden uns vorsichtig heranpirschen – und dann das hier." Richard hob den Bolzenschneider. „Schnippschnapp! Herr Dreyssiger, wir beide robben zum Corpus delicti und sägen. Herr Wernstein steht Schmiere. Können Sie ein Käuzchen nachahmen?"

Wernstein legte die Hände aneinander und blies in die Höhle unter den parallel liegenden Daumen.

„Lässt sich hören." Richard nickte anerkennend. „Zweimaliges Schuhu, wenn's brenzlig wird. Ab jetzt nur das Allernötigste, und im Flüsterton!"

Bäcker Walther hatte eine herzkranke Mutter und prinzipiell Verständnis für Richards Anliegen. Immerhin sei er Bäcker, außerdem privat. „Die Steuern", hob er die bemehlten Hände, „die Steuern, Herr Doktor. Wir müssen einen neuen Ofen haben, aber es wird uns alles weggesteuert." Richard gab ihm die Sultaninen aus Alices und Sandors Paket.

„Ich back' Ihnen die zwanzig Stollen, Herr Doktor. Aber ich brauch' Medikamente für meine Mutter."

„Ich stell' Ihnen ein Rezept aus."

„Nein, nein, das sind spezielle von Doktor Tietze. Von drüben. Von hier, aber für drüben hergestellt. Und von drüben wieder hergeschickt."

Auf der Hügelkuppe oberhalb der Schonung warteten sie hinter einem Baum und beobachteten. Der Anstand war nicht zu sehen, dafür aber der Soldat, der dick eingemummt und mit geschulterter Kalaschnikow vor einer Tür, die in die Umzäunung eingelassen war, auf- und abschritt, hin und wieder mit den Armen schlug, eine Taschenlampe einschaltete, um die Umgebung abzuleuchten, und sich die Hände rieb. Er sah auf die Uhr; zur vollen Stunde schließlich trat er seine Runde an.

„Schätze, in einer Viertelstunde ist er wieder hier." Richard befeuchtete den Zeigefinger, hielt ihn hoch. Der Wind kam ihnen entgegen, würde also ihre Witterung nicht zu Busses Hund tragen. Als vom Soldaten nichts mehr zu sehen war, gab Richard ein Zeichen; Wernstein blieb zurück. Im Wegschatten huschten Dreyssiger und er auf den Zaun zu, Richard prüfte die Spannung des Drahtes und schnitt ihn nahezu geräuschlos auf. Kriminell! dachte er. Aber die Fichte muss durchpassen. Hoffentlich ist der Schnitt nicht zu sehen, und hoffentlich macht der uniformierte Depp nicht gerade hier seine Lampe an, wenn er wiederkommt. Sie krochen in die Schonung, richteten sich in den dicht stehenden Bäumen mühsam auf. Sie hängten die Weihnachtsmannmäntel an einen Ast – die würden drinnen doch nur hinderlich sein und zerreißen – und arbeiteten sich vorsichtig zur Mitte der Schonung vor. Dort standen die Bäume lichter. An jedem baumelte ein weißes Viereck. Dreyssiger schirmte seine Taschenlampe ab, leuchtete behutsam. Auf den Schildern standen Namen, sämtlich von hohen Parteifunktionären; die schönste Blaufichte war mit dem Namen „Barsano“ gekennzeichnet. Sie war etwa drei Meter hoch und vollkommen ebenmäßig gewachsen.

Die Krankenschwestern der Nord I öffneten die letzten Schmerzmittel-Chargen. Herr Kühnast hatte prinzipiell Verständnis für Richards Lage. „Wir könnten eine Sonderschicht fahren. Das Problem ist, ich habe keine Arbeitskräfte. Und es geht nur sonnabends, da sind unsere hohen Tiere nie da.“

Richard trommelte seine Studenten zusammen und beraumte einen Subbotnik im Arzneimittelwerk an. Er liebte solche Exkursionen. Die Studenten, war seine Meinung als Hochschullehrer, mussten wissen, wo sie studierten, was sie studierten und warum sie studierten. Einst war Deutschland die Apotheke der Welt gewesen, und Dresden die Wiege der Pharmakologie. Das Arzneimittelwerk, hervorgegangen aus den Firmen Madaus, Gehe und der Chemischen Fabrik von Heyden, in der die Acetylsalicylsäure – Grundstoff für Aspirin, das meistverkaufte Medikament der Welt – erstmalig industriell hergestellt worden war, hatte seinen Hauptstandort in der Leipziger Straße, in der ehemaligen Drogen- und Appreturanstalt der Firma Gehe. Dachrinnen hingen verbogen, die Fenster trugen Aschekrawatten, das Lächeln der Bestarbeiter auf den Fotos an der Werksstraße war von Schwefelkrebs zerfressen, ebenso die Kreideaufschrift „Hilfsarbeiter aller Art“ auf der Tafel „Wir stellen ein“, die am Pförtnerhäuschen hing.

„Psst!“ Dreyssiger hob die Hand. Sie hörten das Knacken im Unterholz und wieselten sofort in Deckung. „Sieh mal einer an, das ist ja der Magenstock!“ Richard duckte sich. „Höchstpersönlich mit einem seiner Söhne!“ Diese beiden schlichen zielstrebig auf die schönste Blaufichte zu, lauschten einige Sekunden, die Richard und Dreyssiger sprachlos verbrachten, und begannen zu sägen. Richard überlegte: Sollten sie aufspringen und sagen: Halt, wir waren zuerst da!“ Dreyssiger tat es schon und ging mit weitausgreifenden Schritten auf Pfarrer Magenstock zu. „Wer sind Sie“, ächzte der Pfarrer. Dreyssiger leuchtete die Gesichter ab. Sie waren schwarz geschminkt, eine Art Indianer-Kriegsbemalung. „Wir waren zuerst da!“ Dreyssiger hatte Mühe, seinen Zorn zu dämpfen.

„Oh … Herr Hoffmann“, murmelte Magenstock, wobei er sich ans Herz griff, „Sie haben sich also nicht ohne Hintergedanken bei mir erkundigt.“
Richard mahnte Dreyssiger mit einer Handbewegung, die Lampe auszuschalten. Die vier Männer lauschten beklommen. Es war nichts zu hören außer Baumgeflüster. „Herr Hoffmann, Sie … verfolgen die Interessen einer Klinik?“ Pfarrer Magenstock atmete mühsam. „Sehen Sie, ich verfolge die Interessen meines Glaubens. Der Brauch stammt aus dem Mutterschoß der Christenheit!“
In diesem Augenblick ertönte Wernsteins Warn-Schuhu. Die Männer rappelten sich auf. Magenstock und sein Sohn rannten zu Barsanos Fichte und vollendeten in rasendem Ritschratsch ihr Säge-Werk. Ein Hund schlug an. „Los, verduften!“, krächzte Pfarrer Magenstock mit bemerkenswerter Kaltschnäuzigkeit. Dreyssiger schnappte sich die Zimmermannssäge, Richard hatte in der Panik den Bolzenschneider liegengelassen. Schon sah man Taschenlampenlicht durch das Astwerk junger Fichten schwanken. Die vier brachen ohne Rücksicht durch das Unterholz. „Stehenbleiben, halt!“ und „Rudo, fass!“ schrie es hinter ihnen. Magenstock klatschten die von seinem voranpreschenden Sohn umgebogenen Zweige ins Gesicht. Der Hund bellte, dazwischen Wernsteins pausenlose Schuhu-Rufe; wie sinnlos, dachte Richard, es klingt wie ein gedopter Kuckuck. „Stehen-bleiben! Stee-heen-blei-been!“

„Herr Kühnast, so geht es nicht. Sie können doch nicht einfach irgendwelche Leute hier ’reinlassen. Es gibt Hygienevorschriften, einen Maschinenlaufplan –“

„Sie hätten doch nur Hilfsarbeiten ausgeführt", verteidigte sich der Chemiker. „Seit Monaten haben wir Schwierigkeiten in der Verpackung."
„Trotzdem. Wenn was kaputtgeht oder passiert, was dann?
Sie hätten es außerdem mit mir absprechen müssen!" Der Gesichtsausdruck von Kühnasts Vorgesetztem wechselte.
„Andererseits sind Sie nun mal da. Kommen Sie doch mal mit, Herr Hoffmann", und führte Richard in eine Kammer voller Schreibmaschinen. „Alle defekt! Ich bemühe mich seit anderthalb Jahren um einen Monteur aus dem Betrieb Ihres Schwagers. Sie sollen Ihre Medikamente haben, für Herz und Schmerz. Wenn unsere Schreibmaschinen endlich repariert werden. Und grüßen Sie bitte Ihren Bruder von mir."

„Ich lasse Sie laufen, meine Herren. Unter einer Bedingung. Einer von Ihnen spielt für meine Jungs den Weihnachtsmann", knurrte Förster Busse. „Mir glauben die Bengel nämlich nichts mehr." Wernstein verlor das Münzenwerfen.

Mit dem Baum des Ersten Sekretärs ging Richard zu Ulrich, der sich bereit erklärt hatte, einen Monteur ins Arzneimittelwerk zu schicken – wenn er dafür einen Tannenbaum bekomme, mit dem seine Abteilung im sozialistischen Wettbewerb „Wer hat den schönsten Tannenbaum" den begehrten Wanderpokal nebst daran hängender erklecklicher Prämie gewinne.

„Oberarzt Hoffmann bitte zu Professor Müller", tönte es aus der Klinikssprechanlage. Müller ging erregt auf und ab. „Wenn nur der Reucker mich in der Konferenz nicht so triumphierend mustern würde! Ich muss mich beherrschen, Herr Hoffmann, und ich mag es nicht, mich beherrschen zu müssen!" Er verzog seine Lippen zu einem schmollenden Himbeerwulst. „Aber es hilft nichts. In diesem Jahr werden wir uns der Inneren wohl geschlagen geben müssen. Es ist ja schon unglaublich, dass Reucker auch die Weihnachtsbaumabnahmekommission leitet."
„Was? Nicht der Rektor?"
„Eben nicht. Das ist ja die Schweinerei."
„Noch geben wir nicht auf."
„Aber uns bleibt nur der Striezelmarkt, soweit ich sehe."
„Dort gibt es nur noch Krückstöcke, die uns zum Gespött der Akademie machen."
Über Müllers Gesicht blitzte eine Idee. „Und Reisig, Herr Hoffmann, und Reisig."
Aber bei der Kontrollabnahme zog der Chef der Inneren Kliniken, Reucker, mit kühler Handbewegung einen Schraubenzieher aus der Tasche seines blütenweißen Kittels, suchte eine Weile, während der sich Müllers Lippen zu einem Schlitz zusammenpressten, und schraubte einen Ast an der stolz aufgerichteten, scharf symmetrisch gebauten chirurgischen Fichte ab. Die Schwestern, Ärzte, Diätköchinnen, Hilfspfleger standen mit gesenkten Köpfen, man konnte das Knistern der Kittel hören. „Der Schraubenbaum wächst nicht in heimischer Natur", sagte Reucker und ließ das Schräubchen von weit oben in die ausgestreckte Hand eines

Assistenten fallen, der, verlobt mit einer Krankenschwester aus der Chirurgie, süffisant lächelte. Im Planetenweg aß man an diesem Abend den besten Stollen der Welt.

Uwe Tellkamp

Der geplünderte Weihnachtsbaum

Ich weiß nicht, ob auch andere einen so verfressenen Bruder haben wie ich. Jedenfalls kaut Markus immer etwas, wenn man ihn sieht. Aber keine Kaugummis, die mag er nicht. Wenn er etwas kaut, dann sind's Rosinen, Nüsse, Mandeln, ein Stück Kuchen oder sonst etwas, was Mama vor ihm versteckt hat. Und wenn Mama wieder einmal aufschreit, weil das Zitronat oder die Schokostreusel verschwunden sind, macht er das dümmste Gesicht und sagt: „Ich wusste gar nicht, dass das im Haus war. Die anderen werden es gefunden und gegessen haben."
Die anderen, das sind meine zwei kleineren Zwillingsschwestern Anna und Maria und ich, Martina. Und wir suchen nie im Küchenschrank herum und fressen einfach Sachen weg. Zumindest haben wir noch nie etwas gefunden, das wir gern selber genascht hätten. Denn bevor wir zu suchen beginnen, hat unser Bruder schon alles entdeckt und verschluckt.
Es ist nicht angenehm, einen solchen Bruder in der Familie zu haben, vor allem, wenn er nicht nur alles wegisst, sondern auch noch ununterbrochen frech lügt.
„Nein", sagt er, „ich hab mich nicht über die gedörrten Pflaumen hergemacht, das waren sicher die drei anderen."
Wir drei anderen riefen im Chor: „Nein, wir waren es nicht!"

„Und lügen tun sie auch noch" sagte unser Bruder.
Das ging so dahin, bis wieder einmal Weihnachten war. Unser Baum wird nicht nur mit Kerzen und Lametta geschmückt, sondern es hängen noch jede Menge Leckereien dran. Zuckergelee-Ringe, Windbäckerei, Backwerk, in Seidenpapier eingewickelte Schokobonbons, mit buntem Silberpapier noch verschönt.
Der Baum, und es ist wirklich ein großer Baum, trägt schwer an dieser Last.
Uns läuft immer das Wasser im Mund zusammen, wenn wir dann bei der Bescherung „Stille Nacht, heilige Nacht" singen.
Natürlich gibt es noch viele Glaskugeln auf dem Baum, goldene Nüsse, Vögelchen aus Glas mit eigentümlichen Borstenschwänzen. Mit einem Wort, es ist mit Sicherheit der schönste Christbaum im weiten Umkreis. Und dass er so reich behangen ist, verdanken wir unserem Vater.
Der will das so. Er schmückt auch immer allein den Baum vor der Bescherung.
„Als Kind", erzählte er, „hatten wir immer nur einen kleinen, ärmlichen Christbaum daheim, niemand wusste, woher er eigentlich kam. Eines Tages war er einfach da und lehnte an der Mauer neben der Haustür. Kleine, verwachsene Fichten, nichts anderes."
Vater hatte viele Geschwister und es war immer so, dass jedes Jahr mindestens eines über Weihnachten krank war. Einmal musste er in die Apotheke in den nächsten Ort gehen. Es schneite und stürmte.
Der Apothekerladen war schon geschlossen, da läutete der Vater an der Haustür des Apothekers. Und als er im Hausflur wartete, bis der Apotheker die Medizin brach-

te, sah er für eine kurze Zeit, so lange eine Tür braucht, um geöffnet und wieder geschlossen zu werden, den wunderschön geschmückten Christbaum des Apothekers. Groß und schwer behangen und vom Fußboden bis zur Zimmerdecke reichend.

Seit damals hatte Vater den Wunsch, auch solch einen Christbaum zu haben. Und diesen Wunsch konnte er sich erst erfüllen, als er bei der neuen Fabrik Prokurist geworden war. Ein Christbaum vom Fußboden bis zur Zimmerdecke und schwer und reich geschmückt. Wir konnten uns keinen anderen vorstellen als den, den wir hatten.

Nur, er war nur am ersten Tag so schön, wie ich es erzählt habe. Am Morgen des Christtages sah er schon ein wenig anders aus. Da ich mir die guten Dinge, die ich selber gern gemocht hätte, die Nougatwürfel zum Beispiel, gut eingeprägt hatte, merkte ich, dass genau fünf davon fehlten. Dazu kamen noch vier Bonbons und bestimmt eine Menge mit Schokolade überzogene Bäckereien.

„Da hat schon wieder jemand den Christbaum bestohlen“, sagte ich zu Mutter in der Küche. Sie ging mit mir zum Christbaum ins Wohnzimmer und meinte: „Er sieht doch aber noch recht hübsch aus, ich glaube, da täuschst du dich, mein Schatz.“

Weil ich nicht zugeben wollte, dass ich die besonderen Leckereien gezählt hatte, war ich nur wütend, weil Mutter mir nicht zustimmte.

Dann kam auch noch Vater ins Zimmer, schaute seinen Christbaum an und fragte uns: „Na, was sagt ihr zu dem Christbaum? Ich denke, einen so üppig behängten hatten wir noch nie.“

Am nächsten Morgen hätte eigentlich jeder, der Augen im Kopf hatte, sehen müssen, dass wieder eine Menge vom Baum heruntergeholt worden war. Ich sagte nichts, sonst hätte Mama sicher gesagt, ich sei neidisch. Am dritten Tag merkte sogar Vater etwas. Er sagte: „Täusche ich mich oder sieht der Baum schon etwas schütterer aus? Na ja, er ist ja nicht für alle Ewigkeit geschmückt."
Das mit dem Schütterwerden ging so weiter, bis es eines Nachts zur Katastrophe kam. Wir schliefen alle tief und fest, da gab's ein lautes Poltern und Krachen.
Und gleich darauf heulte Markus auf. Ich war die Erste im Wohnzimmer und knipste sofort das Licht an. Und was sah ich? Markus lag jammernd auf dem Boden, ein umgefallener Stuhl über ihm und über beiden der große Christbaum.
Jetzt kamen auch die Zwillinge, Mama und als Letzter Papa. „Was ist denn geschehen?", fragte er und bat Anna, seine Brille vom Nachttisch zu holen, weil er sonst nichts sehen könne. Natürlich sah Papa alles, denn so kurzsichtig, wie er tat, war er nicht. Er gab nur vor, Markus unter dem Baum nicht zu bemerken.
„Ach …", sagte er, als er die Brille aufgesetzt hatte, „fast alle Glaskugeln hat es erwischt, nichts als Scherben. Nein, dass der Baum umgefallen ist, obwohl wir so einen stabilen Ständer haben! Und ein Stuhl ist auch umgefallen. Hat's am Ende ein Erdbeben gegeben?"
„Nein", sagte ich, „Markus plündert schon die ganzen Tage den Baum, und weil unten schon alles weg ist, musste er sich den Stuhl holen, um oben besser hinlangen zu können. Da hat er wahrscheinlich das Gleichgewicht verloren, sich am Baum festhalten wollen und

den Baum umgerissen. Darum liegt er jetzt unterm Baum."

„Markus!", sagte meine Mutter nur und legte all ihre Enttäuschung und Entrüstung in das eine Wort.

Vater war am traurigsten. „Gerade dieses Jahr", rief er, „hatten wir den schönsten Baum. Und die Glasvögelchen, die so schwer zu bekommen sind, sind auch kaputt."

Markus weinte. Nicht, weil er sich wehgetan hatte, sondern weil er sich schämte.

Denn diesmal konnte er nicht sagen: „Ich war's gar nicht, die anderen sind's gewesen.

„Wir können ja nächstes Jahr Kartoffeln an den Baum hängen", schlug Mutter vor, „ungewaschene, mit viel Erde drauf" Sie richtete zusammen mit dem Vater den Baum wieder auf.

Als auch Markus stand, heulte er noch immer. Ob er sich dabei einen Christbaum mit Kartoffeln vorstellte, weiß ich nicht.

„Ich werd das nächste Jahr bestimmt nichts vom Baum holen", versprach er. Und so kam es, dass wir alle gespannt auf nächste Weihnachten warteten, um zu sehen, ob Markus sein Wort halten würde.

Ich kann's ja hier verraten. Er hielt es.

Und wir bekamen alle gleich viel, besonders von den Nougatwürfeln.

Othmar Franz Lang

Der Baum

Wir haben vorige Woche
Den Baum geholt.
Bei uns macht sich nicht einer auf den Weg,
Sondern immer die ganze Familie.
Und wir holen nicht einen Baum,
Sondern d e n Baum.
Weil, wir haben da immer noch ganz feste Vorstellungen,
Der Baum muss ...
So fangen unsere Sätze meist an.
Der Baum muss oder müsste, so sagen wir auf der Hinfahrt.
Wenn sie nicht schon alle wieder weg sind, sage ich.
Alter Pessimist.
Ja, Bäume sind heute wieder gefragt.
Na warte doch die Zeit ab, alter Spielverderber.
Und wenn wir dann da sind, sagen wir wieder:
Der Baum muss aber ...

Wir schreiten mit dem netten Baumverkäufer die Reihen
Der noch vorhandenen Bäume ab.
Er muss groß sein, der Baum, etwa 2.40 m.
Man kann doch die Spitze abschneiden.
Nicht doch.
Dann vielleicht unten am Stamm etwas kürzen,

Da ist er sowieso nicht dicht genug und dann kommt er
Auch besser in den Christbaumständer.
Er ist nur nicht ganz gerade.
Das macht doch nix.
Also was ist?
Lass uns doch erst noch mal gucken.
Da drüben stehen auch noch ganz schöne große.
Die sind oben zu kahl ...
Und zu breit
Unten sind sie zu breit,
Aber schön dicht.
Wenn da Kugeln dran kommen, geht das schon auseinander.
Nö!

Gefällt mir nicht!
Was gefällt dir an dem Baum nicht?
Weiß ich auch nicht.
Jedenfalls, er ist mir oben zu kahl!
Und er nadelt wahrscheinlich schon früh.
Nein, nein sagt der nette Baumverkäufer, der nadelt nie.
Das sieht nur so aus.
Der ist gediegen,.
Inzwischen ist der Baum, den wir schon ein bißchen ins Herz
Geschlossen hatten (wenigstens ich),
Verkauft.
Eine Familie mit sechs Kindern hatte kurzerhand seine Schönheit
Erkannt
Und ihn sich unter den Nagel gerissen.

Sisste, sagte ich, sisste.
Was heißt hier sisste?
Der Baum war ja wirklich in Ordnung.
Aber man muss ja nicht gleich den ersten besten Baum
Nehmen!
Der da drüben an dem Zaun lehnt,
Der ist auch wunderbar.
Der ist doch völlig krumm, siehste das denn nicht!
Der hat ne schöne Größe.
Aber von dem kannste nur eine Seite zeigen.
Die andere Seite ist doch völlig verwachsen und
Zurückgeblieben.
Nix.

Wir gucken mal weiter.
Ja, sag ich.
Wir gucken so lange,
Bis alle Bäume weg sind.
Is ja gar nicht wahr!
Is ja doch wahr und dann muss man dann irgendeinen nehmen,
Den wir im Traum nicht genommen hätten.
In diesem Augenblick hörte ich hinter mir eine Stimme.
Ich drehte mich um,
Sah aber niemanden.

Das heißt: Ich sah eine kleine Blautanne,
Wunderschön.
Ich blickte sie an und konnte die Augen nicht von ihr lassen,

Bis sie schließlich laut und deutlich sagte:
Glotz mich nicht so an,
Ich bin verkauft!
Siehst du nicht als Zeichen dafür den roten Papier-
streifen?
Ich dachte, das sei eine Aids-Schleife.
Die hab ich auch,
Sagte das Bäumchen.
Uns Nadelbäume kann man schlecht umarmen.
Aber wir stechen dafür oft ins Schwarze, ins Herz,
du verstehst.
Ich verstehe, sagte ich.
Da drüben, sagte das Bäumchen,
Ein bisschen versteckt,
Steht ein schöner Baum, der hat meine ganze Liebe.
Nehmt ihn Euch doch mit.
Ich bin ja schon verkauft.
Aber vielleicht sehen wir uns draußen,
In der großen Welt wieder,
Wenn wie beide hier fortkommen.

Ich versprach ihm, dass wir seine geliebten Baum kaufen
Und mitnehmen.
Und die kleine Blautanne sagte Danke und fragte:
Wie ist denn das,
Wenn man verkauft wird?
Ich mach das zum ersten Mal!
Ist man dann verraten und verkauft?
Was sollte ich sagen,
Nein, nein sagte ich.
Du wirst ganz schön gemacht,

Geschmückt, wie wir Menschen sagen.
Und dann?
Dann bekommst du noch Kerzen auf deine Zweige ...
Auf meine Arme ...?
Ja, auf deine Arme gesteckt!
Und dann?
Dann bekommst du auf deinen Kopf noch eine
Silberne Spitze,
Oder eine Krone.
Und dann?
Dann werden die Kerzen angezündet und das Licht im Zimmer
Ausgemacht.
Und du strahlst wie ein Engel.
Und mein Freund, wenn er dann bei euch ist?
Der strahlt auch.
Und die Menschen strahlen und entdecken in ihren Augen
Die Freude
Und das Wunder ihrer Existenz.
Durch meine Existenz, fragte die kleine Blautanne?
Ja, sagte ich,
Auch durch deine Existenz.

Fürchte dich nicht, sagte ich,
Wir sehen uns wieder.
Vielleicht bin ich dann ein Baum
Und du bist ein Mensch.
Und wir nahmen den großen schönen Baum,
Den Freund der kleinen Blautanne, mit uns
Und wir haben ihn geschmückt!

Wie ich's erzählt habe,
Der kleinen Blautanne zuliebe,
Und uns zuliebe,
allen Lebewesen zuliebe, die unter Gottes Himmel
Nun die Möglichkeit haben,
Sich in diesen Tagen neu zu begegnen,
Sich neu zu verstehen und neu zu begreifen,
Und alle Macht dem Frieden zu schenken.

Hanns Dieter Hüsch

Weihnachten moderner Junggesellen

Vor einem halben Jahr noch war diese Bar nicht vorhanden. Damit sie entstehe, bedurfte es eines modernen Architekten mit einem sadistischen Zug, einer jener Männer, denen es vollkommen gleichgültig ist, ob sie ein Mausoleum, eine elektrische Hinrichtungsstätte, ein Warenhaus oder ein Nachtlokal bauen sollen, ein Maschinenhaus oder eine Gartenlaube, einen Musiksalon oder ein Badezimmer.

Ein gewisser sakraler Komfort verbindet sich mit einer grausamen Nüchternheit, und das Zweckmäßige ist bis zu einem so vollendeten Grade vorausbedacht, dass es bereits die Wirkung des Schaurigen auszuüben beginnt. Es gibt in manchen Warenhäusern stahlblau beleuchtete Fahrstühle, in die man nicht ohne eine starke Erschütterung einsteigt und in denen man der Täuschung verfällt, dass sie, die sich so bemühen, das Metaphysische nicht in Betracht kommen zu lassen, dennoch in eine Art Himmel aus Violett, Chromsilber, Magnetstahl und Gift emporführen.

Diese Bar erinnert an eine kahle Gruft unter einer Kapelle. Das hängt vielleicht mit dem sarkophagförmigen Bartisch zusammen, der ein massives, dunkelbraunes Halbrund bildet, mit einer Platte aus einem neuerfundenen schimmernden Metall. Es ist ein Metall, das sich dem Glas nähert und gleichzeitig dem Marmor – und ich zweifle sehr, ob es mir möglich sein wird, es deutlich zu beschreiben. Zwar hat man die Empfindung, dass es eher elastisch sein könnte als porös. Aber seine Oberfläche ist schlüpfrig, eisig etwa, und man könnte sich vorstellen, dass es, bis zu einer Durchsichtigkeit gewalzt, eine Fensterscheibe zu ersetzen imstande wäre. Es glänzt stählern und schimmert glasig und ist dennoch lautlos. Und das Wunderbarste: ein Glas, auf dieses Metall heftig gestellt, gibt gar keinen Klang, es ist, als stelle man Gummi auf Gummi! Und diese Lautlosigkeit vervollständigt den Gruftcharakter der Bar – und weil ein unhörbarer, polierter, gutgeölter Betrieb ohne viele und ohne laute Worte auskommt, Gläser nicht klirren können, Türen automatisch schließen, die neuen Wasserhähne nicht rinnen, die Bargetränke, als wären sie flüssiges Linoleum, ohne einen gurgelnden Laut aus den Flaschen in die Gläser schlüpfen: ist der Eindruck des Toten, Erstarrten, Schattenlosen in dieser modernen Bar vollkommen.

Selbstverständlich kommen die Gäste um Mitternacht. Sie kommen so unhörbar, dass sie auftauchen, erscheinen, herbeigezaubert werden. Es sind lauter moderne Gäste. Sie haben strenge und markante Gesichter, theoretisch könnte jeder von ihnen, obwohl er nur sein Automobil hierhergesteuert hat, soeben den Ozean überquert haben, mittels eines Aeroplans; Rekordbrecher, einer wie der andere, Köpfe wie Lederhauben, Augen wie Autobrillen, Stoppuhren in der Brust, Tempo im Leib. Sie setzen sich, sagen gar nichts – und

schon stehen Becher auf ihren Tischen, Mentholflüssigkeiten für die Zahnpflege, hygienischer Alkohol, angelsächsische Rauschmittel für Ozeanflieger. Sie reden gar nichts. Höchstens sagt einer zum anderen: „Haben Sie schon – –?“ Und der andere ergänzt: „gelesen“. Es ist Mitternacht, alle Zeitungen von morgen sind schon erschienen, morgen kann höchstens übermorgen sein.
Merkwürdig ist nur, dass plötzlich ein Klavier ertönt. Ein Mann aus einem vergangenen Jahrhundert, er erinnert an einen Walzer, keine Spur von Lederhaube oder Aeroplan, nur Leierkasten und Harfe, verkörperte Drehbewegung, ein erstarrter Schnörkel, viele schwarze Haare, Falten im Gesicht; dieser Mann beginnt zu singen.
Dass er aus Wien stammt, dass ein nationaler Anschlusswille ihn hierhergetrieben hat: Wer kann es bezweifeln? Schon singt er das „Fiakerlied“. Schon den „Schönbrunner Park“. Schon „Wien, nur du allein“. Und schon erglüht auf dem Klavier ein bengalischer Weihnachtsbaum, hergeholt aus einem Wald von Pappe, ausgesägt aus einer Theaterdekoration (die man jetzt nicht mehr braucht), ein Baum aus Karton, mit Nadeln aus Filz, mit Sternen aus Glühlampen. Auf der Baumspitze steckt eine Tafel: Hier können Junggesellen Weihnachten feiern.
Schon feiern sie: wehmütig geworden, der Baum rührt an ihr Innerstes, dort, wo die Stoppuhr eingebaut ist, vergessen der Ozeanflug, Marzipan herrscht vor, man war einmal ein Kind, bevor man ein Gespenst geworden, die Zeit war einmal eine Zeit, nicht immer ein Tempo. Wenn Gespenster Tränen hätten, würden sie

weinen. So aber schweigen sie. Leise nur sagt einer zum anderen: „Haben Sie schon – –?“ Und der andere antwortet: „morgen gelesen!“

Joseph Roth

Unser allerschönster Tannenbaum

In all den Jahren, solange ich denken kann, habe ich den Weihnachtsbaum bis eineinhalb Wochen vor Heiligabend herangeholt. Und in all den Jahren hatten wir einen richtig schönen Baum. Zuerst waren das die einfachen Fichten, die backten mitunter mit dem Kienharz unangenehm an den Händen. Dann gab es die pieksigen Blautannen, die aber nicht so schnell nadelten. Und nun gibt es überall die Nordmann-Tannen, die haben weiche, angenehme Nadeln.

Und irgendwie sind wir in diesem Jahr ein bisschen zu spät mit dem Kaufen dran. Ich jagte einen Tag vor Heiligabend los und dachte nicht, dass es so schwer wäre, zu der späten Stunde noch ein gutes Bäumchen zu erwischen und nach Hause zu holen. In den Vorjahren sind wir direkt in die Tannenschonungen gegangen und einmal bin ich beinahe so in einen Wassergraben gerutscht, war mit dem Gummischuhen tief eingesackt und kam total verdreckt nach Hause, na ja, … Das war bei Buchhorst bei Lauenburg.

Dann wusste ich, dass vor der Kreissparkasse in Büchen Tannenbäume zum Kauf angeboten wurden. Na, was so am letzten Tag vor dem Fest noch zu bekommen war, das war nicht gerade das Allerbeste, was die Schönheit

anbetrifft. Einige Bäume waren ein bisschen krumm oder es fehlten ein paar Zweige. Nee, ich hatte da das Gefühl, doch noch einen Baum gefunden zu haben mit gutem Schick, allerdings hatte er doch eine leichte Krümmung oberhalb vom Fuß. Ich bezahlte, der Baum kam in einen großen Metalltrichter und kam mit einem Nylon-Netz-Kleid auf der anderen Seite wieder raus. Ich habe den Baum auf einer Wolldecke dann aufs Autodach gelegt und mit Kordeln festgebunden und nach Hause gebracht.
Da habe ich das Netz aufgeschnitten und den Baum meiner Frau gezeigt. Doch, wie das so ist, meine Frau meinte, er sei doch deutlich zu krumm. Ich sollte ihn man doch zurückbringen und gegen einen besseren umtauschen. Na gut, ich habe den Baum dann wieder aufs Autodach geladen und festgebunden, bin dann nach Büchen gefahren und habe dafür einen anderen in gleicher Größe mitgebracht. Der Verkäufer hatte sich amüsiert und gemeint, das käme in der letzten Zeit des Öfteren vor, dass getauscht würde. Meistens kämen die Leute noch mehrmals wieder und nehmen letztlich den ersten Baum wieder mit.
Von den letzten paar Strunken habe ich doch noch einen Zweimeterbaum gefunden, der doch gadlich gut aussah. Eingepackt ins Netz, noch etwas zubezahlt, nach Hause gefahren, ausgepackt und zur Beurteilung hingestellt. Nein, durchgefallen, er sei noch nicht gut genug. Ich sollte man solch einen bringen, der so gut aussähe wie der in unserem Vorgarten. Zähne zusammengebissen, ruhig geblieben, ja, ich mache ja alles, um Frieden zu haben. Ich habe den Baum mitgenommen und wollte gerade nach Büchen losfahren, aber …

Die Idee vom Baum im Vorgarten war nicht schlecht. Ich habe aus der Werkstatt einen Fuchsschwanz geholt und dann die Lichterkette abgebunden und den Vorgartenbaum – batz – abgesäbelt. Dann habe ich eine einen Meter lange Dachlatte aus der Stallecke geholt und den zuletzt gekauften Baum mit Draht am unteren Reststamm angeklemmt und mit einer Flachzange festgedreht. Die „neue Gartentanne“ war zwar etwas größer geworden, sah aber mit der Lichterkette, die ich wieder umgebunden hatte, gut aus. Nun hatte ich meiner Frau die Vorgartentanne zum Beurteilen hingestellt. Sie hatte dann gnädig gemeint: „Siehst du, so ein bisschen Prebbeln, das hilft. Nun hast du doch noch einen schönen Baum rangeholt!“ Ich hatte dann meine Ruhe und habe innerlich gegrient.
Lange Zeit nach Weihnachten, ich glaube, es war so um bei Ostern, haben wir gesehen, dass die Tanne im Vorgarten die Nadeln verloren hatte. „Ja, denn ist sie wohl krank!“, habe ich leise gesagt und konnte mir ein Grinsen nicht verkneifen. Wenn man genau hingesehen hätte, dann hätte man die Dachlatte und den Wickeldraht noch sehen können! „Dann muss ich wohl einen neuen Baum im Herbst einpflanzen!“
Von dem wohlgemeinten Schwindel habe ich bis heute keinem erzählt. Doch zum nächsten Weihnachtsfest werde ich drei Wochen vorher, also rechtzeitig, einen gadlichen Baum kaufen! Jawohl! Einverstanden! Versprochen!

Günter Menze

Der unkorrekte Tannenbaum

„Meine liebe Frau! Liebe Kinder!“, holte der Kritiker Peterkarl Busonius zu seiner Weihnachtsansprache aus, die er, neben dem Lichterbaum stehend, alljährlich an die vor ihm angetretene Familie richtete. „Soeben haben wir miteinander ein Lied gesungen, dessen Worte uns allen von frühester Kindheit an wohlvertraut sind und das zu dem Lichterbaum gehört wie sein Nadelkleid. Aber haben wir uns auch einmal Gedanken über die Worte gemacht, ich meine, sind wir auch einmal kritisch an das herangegangen, was wir von unseren Eltern übernommen haben? Nein, meine Lieben, das sind wir nicht. Was haben wir soeben gesungen?“

„Männe, fass dich kurz“, meinte Frau Busonius, „ich habe die Kartoffeln für den Heringssalat auf dem Feuer.“

„Lass in dieser andachtsvollen Stunde deine Kartoffeln, Hildegard, und höre zu“, erwiderte der Kritiker tadelnd, „‚O Tannenbaum‘ haben wir gesungen – Ruhe, unterbrecht mich nicht immerzu! Wir begingen, sage ich, schon in diesen zwei Worten einen Fehler, einen Pleonasmus. Denn dass eine Tanne ein Baum ist und kein Säugetier, ist doch wohl einleuchtend. Es würde also völlig genügen zu sagen – Bartholomäus, schiele nicht nach den Geschenken, sondern antworte! Was zu sagen würde völlig genügen?“

„‚O Tanne‘, Papa“, sagte Bartholomäus, der Älteste.

„Es würde genügen und wäre dennoch falsch“, fuhr der Kritiker fort, „denn nicht Tannen sind es gemeinhin, die uns als Weihnachtsbaum dienen, sondern – Philippine, lass den Hund zufrieden, solange ich spreche. Was ist es vielmehr, das uns als Weihnachtsbaum dient?“

„Kiefern, Papa“, sagte Philippine und setzte den Hund auf den Boden.

„Unsinn, Fichtenspitzen sind es. Wir würden also richtigerweise singen – Fürchtegott, nimm die Hand aus der Hosentasche. Wie würden wir richtig singen, Fürchtegott?“

„‚O Fichtenbaum‘, Papa.“

„Nicht Baum, Dummkopf, sondern?“

„‚O Fichte‘, Papa.“

„Gut. Weiter. Es heißt in der zweiten Zeile: „Wie grün sind deine Blätter“, und wieder haben wir Anlass zu ernster Kritik. Dass der Autor von Blättern spricht, obwohl die Tanne bekanntlich zu den Koniferen oder Nadelhölzern zählt, ist gerade himmelschreiend. Noch schwerwiegender aber scheint mir die Formulierung ‚wie grün‘, denn sie setzt voraus – dass du mir jetzt aber endlich das Lutschen am Bonbon unterlässt, Eulalie!“

„Wo soll ich denn hin damit?“, widersprach die Jüngste.

„Gib ihn dem Hund und höre zu. Die Formulierung ‚Wie grün sind deine Blätter‘ will besagen, dass die Blätter sehr grün sind. Das aber setzt voraus, dass man eine Farbe steigern kann. Die Komparation von Farbtönen ist jedoch Nonsens. Es ist etwas grün oder hellgrün, oder dunkelgrün, niemals aber grün, grüner oder am

grünsten. So hätte der Autor also richtig sagen müssen – Eulalie, du lutschst ja immer noch. Und zwar woran?"
„An meinem Zahn, Papa", sagte die Kleine, „soll ich den auch dem Hund geben?"
„Nein, zuhören sollst du. Wie muss das Lied richtig beginnen, Bartholomäus?"
„‚O Fichte, o Fichte, deine Nadeln sind grün', Papa", sagte der Älteste.
„Richtig", lobte der Kritiker, „da es aber eine Selbstverständlichkeit ist, dass die Nadeln der Fichte grün sind, ist die gesamte Aussage hinfällig und hätte längst dem Rotstift zum Opfer fallen müssen. Was folgt hieraus? Es folgt, dass der Autor unseres schönen Liedes leider sehr unkonkret, sehr oberflächlich gearbeitet hat, so dass der kritische Sinn den Eindruck gewinnt, dass er, als er die Verse niederschrieb, gar nicht recht bei der Sache war. Und dennoch, ihr Lieben, haben wir das Lied gesungen."
„Aber Papa", unterbrach die Jüngste, „wir haben doch –"
„Du sollst nicht immer dazwischenreden", wurde der Redner böse, aber da Eulalie einen Flunsch zog, lenkte er ein: „Was haben wir doch?"
Da rief die ganze Familie: „Wir haben doch ‚O du fröhliche' gesungen!"

Fritz Bernhard

Wahre Freude

Die Weihnachtskrippe

Weihnachten ist die Zeit der Krippen. Auf einem kleinen Gut im Kreis Segeberg wurde alljährlich im Wohnzimmer eine besonders schöne erzgebirgische Krippe aufgebaut. Sie stammte noch von den Eltern des jetzigen Hofbesitzers. Die fast handgroßen Figuren stellten nicht nur die Heilige Familie, die drei Weisen aus dem Morgenland sowie die armen Hirten nebst einigen musizierenden Engeln und staunenden Kindern dar, sondern die Krippe war auch mit einer vielfältigen Menagerie ausgestattet. Ochs und Esel, Schafe, Hühner, Gänse, Pferde, Ziegen sowie Dromedare, Strauße und Kamele scharten sich andachtsvoll um das Jesuskind in der hölzernen Futterrufe. Ein großes Schindeldach beschützte die gesamte Gruppe, auf dem zur Krönung der Stern befestigt war. Alljährlich, wenn die Familie irgendwo im Urlaub passende weitere Figuren erblickte, wurden diese hinzugekauft. Und auch das Umfeld der Krippe wurde durch die halbwüchsigen Kinder des Hauses ständig erweitert. Da stellte man kleine Äste als Bäumchen auf, legte mit Steinchen bestreute Wege an, bastelte einen Ziehbrunnen und schnitzte Gatter und Tore. An der Gestaltung der Krippe nahm die gesamte Familie jedes Jahr wieder mit viel Freude Anteil und verbrachte Stunden mit dem Aufbau und der Ergänzung.

In diesem Jahr sollte richtiges Moos von unterschiedlicher Art hinzukommen. Im Wald, der zu dem Gut gehörte, hatten die Kinder im Herbst verschiedene Sorten entdeckt und sich die Stellen gemerkt. An einem frostigen Nachmittag zogen alle dorthin und füllten einen Weidenkorb mit den grünen Polsterpflanzen. Auch kleine Grasbüschel, die schon ein wenig fahl waren, packte man dazu sowie Bucheckernsamen, Eicheln und kleine Rosskastanien. Aus diesen Dingen baute man am Morgen des Heiligen Abend eine kleine Landschaft auf und setzte einige der Tier- und Engelfiguren hinein.
Nach dem Mittagessen fuhr die gesamte Familie zum Gottesdienst in die nächste altehrwürdige Dorfkirche. Zu den Klängen der kostbaren Orgel wurden von allen Besuchern die altvertrauten Weihnachtslieder gesungen: „Tochter Zion, freue dich“, „Macht hoch die Tür, die Tor macht weit“, „Es kommt ein Schiff geladen“ und „Ihr Kinderlein kommet“. Zum Schluss sang die gesamte Gemeinde frohen Herzens nach der Melodie des österreichischen Komponisten Franz Xaver Gruber (1787-1863) die Verse seines Landsmannes Joseph Mohr (1792-1848) „Stille Nacht! Heilige Nacht!“
Beschwingt fuhr die Familie nach Hause und beschwingt wurden die Stearinkerzen am Tannenbaum entzündet. Warm wurde es im Wohnzimmer, was allen nach dem Aufenthalt in der kühlen Kirche gut tat. Ein wohliges Gefühl machte sich breit.
Doch da fing es plötzlich in der Krippenlandschaft leise zu knistern an, zu rascheln und zu flattern. Kleine Käfer krabbelten an den Grashalmen empor, Falter versuchten, über das Moos zu flattern, Fliegen erhoben sich sum-

mend. Mit den Pflanzen hatte die Familie zahlreiche in der Kälte erstarrte Insekten aus dem Wald mit ins Haus gebracht, die nun in der Wärme zu neuem Leben erwachten. Wollten auch sie dem Christkind huldigen?

Charlotte Niese

Verrückt nach Mary

Voll sind die Bücher und Zeitungen mit Geschichten vom traurigen Schicksal der Söhne großer Männer: In der Regel können sie es ihren Vätern so wenig recht machen wie der Umwelt, die sich nun mal betrogen fühlt, wenn sie im kleinen August nichts vom Genie des großen Johann Wolfgang entdecken kann.

Weniger liest man dagegen von der Problematik, der Vater eines großen Sohnes zu sein. Dabei ist diese Rolle kaum einfacher: Oder soll es die Erfüllung des Lebens sein, wenn man Tag für Tag aus den Zeitungen die schönsten Artikel über seinen erstgeborenen 17-jährigen Leimener ausschneiden darf?

Man muss sich, dies bedenkend, nur einmal hineinversetzen in einen gewissen Zimmermann aus Nazaret/Galiläa: Du lernst ein hübsches Mädchen kennen, verliebst dich in sie – und erfährst eines Tages, dass sie schwanger ist, wenn auch leider ganz sicher nicht von dir. Später wird aus dem Knäblein auch noch ein religiöses Genie, der lang erwartete Messias, an dessen Seite du nur eine sehr marginale Rolle wirst spielen können, was dich der Sohn auch gelegentlich deutlich spüren lässt.

Josef also. Er hat, wenn man ehrlich ist, nun wirklich nicht das brillanteste Image und auch viel zu wenig PR.

Kommt überhaupt nur sieben Mal vor in der Heiligen Schrift (mit keinem Wort im Credo) – und alles, was die Evangelisten von ihm zu berichten wissen, läuft im Grunde immer nur darauf hinaus, dass er das getan hat, was man von ihm verlangte: Maria zu sich nehmen, sie hochschwanger nach Betlehem bringen, von dort nach Ägypten umziehen und später wieder zurück nach Palästina. Meistens ist ihm ein Engel im Traum erschienen und hat ihm erklärt, wo es langgeht. Über so einen sich lustig zu machen ist einfach: Ein Softie ist das halt, einer von denen, die alles mit sich machen lassen, wenn nur eine starke Frau an seiner Seite es will.
So haben die frommen Christen den guten Josef ja auch beschrieben und vor allem gemalt in ihren Altargemälden und Fresken, viele Jahrhunderte hindurch: als durch und durch keuschen, ziemlich alten Mann, der irgendwie unbeteiligt neben der Krippe sitzt und freundlich auf das Kind hinunterschaut, das aus übergeordneten Gründen nicht seines hat werden dürfen. So einer ist kein Vorbild und Held, schon weil er auf ewig mit der Tatsache leben muss, dass er die unattraktive Josefsehe erfunden hat. So einen mag man nicht einmal im Krippenspiel mimen. (Der Autor Hannes Burger hat dieses Problem gerade in aller Schärfe geschildert, in seinem Heimatroman Bethlehem in Oberkreuth, in dem der schöne Satz vorkommt: „Beim Jüngsten Gericht könnte der Josef die Kirche glatt wegen Rufschädigung verklagen.“)
Weil bis zum Jüngsten Gericht aber vielleicht noch ein wenig Zeit vergeht, hier schon mal ein vorläufiger Versuch zur Ehrenrettung, der übrigens so schwierig gar

nicht ist, nach Faktenlage. Erstens ist schon mal klar, dass wir es erfreulicherweise nicht mit einem Intellektuellen und Schriftgelehrten zu tun haben, sondern mit einem erstklassigen Schreiner und Zimmermann, einem von der alten Sorte, die nicht auch noch die Anfahrtszeit berechnen. Jedenfalls wird von diesbezüglichen Klagen weder bei Lukas noch bei Matthäus berichtet – und die gehen sonst sehr ins Detail.

Zweitens muss gesagt werden, dass er – klaglos – eine Menge getan hat für Mutter und Pflegesohn, wenn man zum Beispiel nur bedenkt, wie beschwerlich die langen Reisen gewesen sein müssen, bei denen er in der Regel neben dem Esel zu Fuß gegangen ist.

Besonders hoch anzurechnen ist ihm auch seine Geduld im Umgang mit dem arroganten Betlehemer Hoteliersgewerbe. Josef hat mit keinem der Herren, die seiner Frau ein Bett verweigern wollten, eine Prügelei angefangen, die ohnehin nichts genutzt hätte, sondern ist stattdessen in diesen Stall gegangen, der letztlich auch viel günstiger war für den publizistischen Erfolg der Weihnachtsgeschichte. Gesagt hat er übrigens beim Streit mit den Wirten ganz wenig, wie er überhaupt ein wortkarger, wenig talkshowfähiger Mann gewesen sein muss. Das macht ihn ja wohl besonders sympathisch.

Freilich ist das alles nichts im Vergleich zu seinem Verhalten in den entscheidenden Tagen seines Lebens: Als er erfahren hat, dass seine Freundin ein Kind bekommen würde, „ehe sie zusammen waren“: Was hätten andere da aufgeführt? Hätten der Frau eine schreckliche Szene gemacht, hätten sie unter lautem Zetern nach Hause geschickt – oder ganz schnell geheiratet, damit

keiner was merkt. Dieser Mann hat, um Maria „nicht bloßzustellen“, erst überlegt, sie in aller Stille freizugeben für den anderen. Dann aber hat ihm der Engel gesagt, wie die Sache wirklich gewesen ist, und Josef – das ist natürlich seine größte Leistung – hat ihm das auch geglaubt. Um anschließend Maria zu seinem Weib zu nehmen, wohl wissend, dass ganz bald die Engel die Wahrheit über seinen Sohn in alle Welt hinausposaunen würden und dass diese Welt sich natürlich das Maul zerreißen würde über die merkwürdige Rolle des schweigsamen Zimmermanns Josef von Nazaret.
Das soll ihm erst einmal einer nachmachen, wäre man fast versucht zu sagen. Aber wahrscheinlich ist so eine Geschichte nicht mehr vorgesehen.

Herbert Riehl-Heyse

Rede des Esels von Betlehem an das Jesuskind

„Jesus, Maria und Josef! – Oh, Entschuldigung, Herr, ich wollte dich und deine Eltern nicht beleidigen. Was bin ich doch für ein Esel, Herrgottnochmal! Du heiliger Strohsack – nochmals Entschuldigung! Ich bin ganz durcheinander. Ja, ich habe es einfach nicht geblickt. Wie du siehst, schlackere ich jetzt mit den ganzen Länge meiner Ohren. Es ist ja auch nicht so leicht zu verstehen, was hier passiert ist. Und zwar nicht nur für ein Eselshirn. Hier in meinem Stall, noch dazu in meiner Futterkrippe, hätte ich dich, weiß Gott, nicht vermutet. Wie hätte ich auch darauf kommen sollen? Zuerst habe ich ziemlich gehuft, weil ein paar Hungerleider mir und dem Ochsen unseren Platz im sowieso schon zu engen Stall streitig machen. Und dann hat man dich sogar in meine Futterkrippe gelegt. Seit Stunden komme ich nicht mehr an mein Fressen heran. Das hat mir ziemliches Bauchgrimmen bereitet. Kannst du dir vorstellen, wie das ist? Als ob man deiner Mutter eine Giftschlange vor die Vorratskammer legen würde. Und sie käme nicht mehr an Mehl und Milch. Entschuldige bitte den Vergleich mit der Schlange. Aber mir fiel nichts Besseres ein. Mir fällt oft nichts Gescheites ein. Und oft kann ich mir nicht mal meine eigenen Eselsbrücken merken.

Aber gut, da du es bist, will ich meinen Hunger ertragen. Allerdings, wenn du schon mal hier bist, kann ich es mir kaum verkneifen, dir ein paar Fragen zu stellen. Verzeih, dass ich so vorlaut bin. Aber ich bin nun mal ein Esel, ohne höhere Bildung und Verstand, und muss jetzt einfach losreden. Was habt ihr euch da oben eigentlich gedacht, als ihr diese Welt geschaffen habt? Habt ihr euch einen Spaß erlaubt? Mir jedenfalls kommt es oft so vor, als ob ihr mich zum Gespött der Leute erschaffen hättet. Schüttle jetzt nicht den Kopf! Schau mich einfach nur an. Und? Soll das eine Meisterleistung sein, ein Kunstwerk? Eine armselige Kreatur bin ich. Zum Beispiel die Proportionen … Dabei habt ihr auch Geschöpfe von fast vollendeter Schönheit ersonnen! Ich schiele auf jedes Pferd, dem ich begegne. Gelb vor Neid könnte ich da werden. So viel Eleganz und Anmut! Habt ihr den Esel vielleicht geschaffen, damit das Pferd noch mehr hervorsticht und seine Schönheit umso brillanter zum Vorschein kommt? Schau dir nur mal meine Ohren an … Wie oft werde ich gefragt, warum man mir die Ohren so lang gezogen hat! Eselsohren … Ein spöttischer Ausdruck der Menschen, wenn die Schulkinder ihre Hefte schlampig behandeln und die Ecken der einzelnen Blätter dann hässlich abstehen …

Und noch etwas muss ich dich fragen: Hattet ihr wirklich keine Farbe mehr in euren Töpfen? Rotkehlchen, Blaumeise, Grünfink, Goldammer, Buntspecht: Alle haben Farbe bekommen. Nur ich bin grau in grau geblieben.

Und wie oft wird mir, dem Grauen der Schöpfung, übel mitgespielt! Mit grauer Farbe wurde bei mir, weiß der Himmel, nicht gespart, dafür jedoch bei den grauen

Zellen! Warum wurden wir Esel so einfältig und begriffsstutzig erschaffen? Steckt vielleicht eine gemeine List dahinter? Dass wir einfach so blöd sind, damit man uns alle möglichen Lasten aufladen kann? Wenn wir dann wenigstens ein sanftes Wesen hätten! Aber nein, wir können so stur sein, so sprichwörtlich störrisch – und bekommen dafür eine Tracht Prügel. Wo bleibt da die Gerechtigkeit?
Am schlimmsten aber ist die Stimme. Wenn ich daran denke, wie wunderbar die Nachtigall singen kann! Mich aber verspottet man, wenn ich tagsüber die Stimme erhebe. Den Gesang der Mittags-Nachtigall, so nennen die Menschen mein i-a-Ächzen und halten sich den Bauch vor Lachen. Mir ist nicht zum Lachen zu Mute. Nein, es ist wirklich nicht schön. Ich muss es einfach mal loswerden, Herr! Uns Esel hast du wahrhaftig nicht wunderbar erschaffen. Ehrlich, Herr!

Wie du mich jetzt so anlächelst … Mir wird ganz warm ums Herz. Kein verächtliches Lachen, wie ich es oft ertragen muss. Nein, ein Lächeln, das mich ganz leicht und gelöst werden lässt. Vielleicht mache ich mir zu viele Gedanken wegen meines Aussehens und meiner Stimme. Vielleicht genügt es ja, dass ich dir gefalle mit meinen überlangen Ohren, der entsetzlichen Stimme, dem sturen Charakter. Oh Herr, das wäre, ja, das wäre einfach wunderbar, das wäre wie Weihnachten!
Was blinzelst du mir da zu? Einer von meiner Rasse wird dir als Reittier dienen? Kein stolzes Pferd, kein hoheitliches Dromedar und kein bis an die Stoßzähne bewaffneter Kriegselefant? Als der Messias willst du auf

einem Esel in Jerusalem einziehen? Wo doch sonst nur die Armen, die Frauen und die Kinder auf einem Esel reiten. Das kann doch nicht dein Ernst sein! Oder vielleicht doch … Du willst dir nicht – hoch zu Ross – die Menschen gefügig machen, sondern du suchst ihre Freundschaft. Klein willst du dich machen, damit die Kleinen zu dir kommen können. Wehrlos kommst du den Menschen entgegen, damit niemand Angst vor dir zu haben braucht. Allmächtiger Gott! Das kann ich wirklich kaum verstehen. Aber kann man deine Liebe überhaupt begreifen? Aus Liebe verzichtest du auf Macht, damit sich die Menschen dir aus Freundschaft, aus Zuneigung, aus innerer Überzeugung anschließen können. Jetzt dämmert mir langsam, warum du hier in meiner Futterstelle liegst und nicht auf einem goldenen Kissen in der waffenstarrenden Burg des Herodes.
Ein Esel wird dich nach Jerusalem tragen … Ach, Herr, das entschädigt für alles. Wir sind wirklich nicht schön von Gestalt und taugen auch nicht für den Kriegsdienst. Als Reittier für einen Friedensboten aber, dafür sind wir genau die Richtigen. So langsam ahne ich, dass du dir bei unserer Erschaffung doch etwas gedacht hast.
Ach, Herr, du kannst dir nicht vorstellen, wie glücklich ich jetzt bin! Du liegst in meinem Futtertrog. Und mein Hunger danach, anerkannt und geliebt zu sein, ist gestillt. Nur noch eine letzte Frage: Was ist denn mit dem blöden Ochsen da? Verdammt nochmal, wie trifft mich jetzt dein Blick! Ja … ich verstehe! Auch der Ochse ist dein Geschöpf. Das hatte ich Esel schon wieder vergessen.“

Andreas Knapp

Vom König, der Gott sehen wollte

In einem fernen Land lebte einst ein König, dem am Ende seiner Tage Schwermut befiel. „Sehet“, sagte er, „nun habe ich in meinem Leben alles, was nur ein Mensch erleben und mit den Sinnen aufnehmen kann, erfahren, gehört und gesehen. Nur eines habe ich nicht gesehen, in meinem ganzen Leben nicht - Gott habe ich nicht gesehen. Ihn wünsche ich noch zu sehen.“
Der König erließ an alle Machthaber, Weisen und Priester den Befehl, ihm Gott zu zeigen. Schwerste Strafen wurden ihnen angedroht, wenn es ihnen nicht gelänge. Der König gewährte eine Frist von drei Tagen.
Trauer kam über die Einwohner des königlichen Palastes, und alle warteten auf ihr bevorstehendes Ende. Genau nach drei Tagen, um die Mittagszeit ließ der König sie vor sich rufen. Der Mund der Machthaber, der Weisen und Priester blieb stumm. In seinem Zorn war der König schon bereit, das Todesurteil auszusprechen, da kam ein Hirte vom Felde, der von des Königs Wunsch gehört hatte und sprach: „Erlaube mir, oh König, deinen Wunsch zu erfüllen!“ – „Gut“, sagte der König, „aber bedenke, es geht um deinen Kopf!“
Der Hirte führte den König auf einen freien Platz und zeigte ihm die Sonne. „Sieh’ hin!“ sagte er. Der König

erhob die Augen und wollte die Sonne sehen, aber der Glanz blendete ihn und er senkte den Kopf und schloss die Augen. „Willst du, dass ich erblinde?", sagte er zum Hirten. „Aber mein König, dies ist doch nur ein Ding der Schöpfung, ein schwacher Abglanz der Größe Gottes, ein kleiner Funke seines flammenden Feuers. Wie willst du mit deinen schwachen, tränenden Augen Gott sehen?

Suche mit anderen Augen!

Der Einfall gefiel dem König. Er sagte zu dem Hirten: „Ich erkenne deinen Geist und sehe die Größe deiner Seele. Antworte mir nun: Was war vor Gott?"

Nach einigem Nachdenken sagte der Hirte:

„Nicht so! Fange mit dem an, was vor eins kommt."

„Wie kann ich denn? Vor eins gibt es doch gar nichts."

„Sehr weise gesprochen, Herr. Auch vor Gott gibt es nichts."

Diese Antwort gefiel dem König noch besser als die vorhergehende. „Ich werde dich reich beschenken; vorher beantworte aber noch die dritte Frage: Was macht Gott?"

Der Hirte sah, dass des Königs Herz weich geworden war: „Gut", sagte er, „auch darauf will ich dir antworten. Nur um eines bitte ich dich: Lass uns die Kleider für eine kurze Zeit tauschen."

Und der König legte die Zeichen seiner Königswürde ab, kleidete damit den Hirten, und selbst zog er dessen unscheinbaren Rock an und hängte sich die Hirtentasche um. Und der Hirte setzte sich auf den Thron, nahm das Zepter und zeigte damit auf den an den Stufen des Thrones mit einer Hirtentasche stehenden König.

„Siehst du, das macht Gott! Den einen erhebt er auf den Thron, und den anderen lässt er heruntersteigen." Und der Hirte zog wieder seine eigene Kleidung an.
Der König stand in Gedanken versunken. Das letzte Wort des Hirten brannte auf seiner Seele. Aber plötzlich ermahnte er sich, und unter sichtbarem Zeichen der Freude sagte er: „Jetzt sehe ich Gott."

Leo N. Tolstoi

Der verhaftete Friedensengel

Als die Engel den Lobgesang über den Feldern von Betlehem beendet hatten und sich wieder in die unsichtbare Welt zurückzogen, ließ sich einer von ihnen zur Erde sinken. Ihn drängte es, hinter den Hirten her in die Stadt Davids zu gehen und die Sache zu sehen, die geschehen war. Er ahnte nicht, was mit ihm geschehen würde.

Er hüllte sich in die Gestalt eines Menschen, um wie einer von ihnen dabei zu sein und das Geheimnis des Friedens mit ihren Sinnen zu sehen, zu hören und zu riechen. Dabei verspätete er sich ein wenig und zog allein des Weges. Als er in das Tor von Betlehem trat, wurde er von römischen Soldaten angehalten. Einer von ihnen fragte den unbekannten Einzelgänger nach dem Ausweis. „Meinen Ausweis?“, fragte er zurück. „Ich habe keinen und ich brauche keinen, ich weiß, wer ich bin.“ Und er richtete sich ein wenig auf, um sie seine verborgene Erhabenheit spüren zu lassen. Aber er fiel schnell wieder zusammen, als fremde Hände in seinen Mantel und seine Taschen fuhren und seinen Leib abtasteten „Nichts“, sagten die Männer, „keinen Ausweis, keine Waffe, kein Geld.“ „Nichts?“, fragte der Anführer der Gruppe, „macht nichts, wir nehmen ihn mit. Er ist verhaftet.“

Er wurde an beiden Armen gepackt und fortgeführt. Das war freilich ein ungewohnter Griff, aber er befremdete ihn nicht allzu sehr. Dass Menschen zupacken, während Engel nur leise berühren und führen, wusste er wohl. Er lächelte wissend vor sich hin und war neugierig, wie es weiterginge. Er war in Betlehem, in der Nähe des Kindes und fürchtete sich vor nichts. Er bedachte nicht, dass die Himmlischen unendliche Geheimnisse kennen, aber in den irdischen Dingen doch nicht ganz so heimisch sind. Er sollte bald mit ihnen vertraut werden. Im Wachtlokal führten ihn die Soldaten dem Wachtkommandanten vor. Sie berichteten ihm, wo sie ihn angehalten hatten und was ihnen verdächtig vorgekommen war. Der Wachtkommandant fasst ihn ins Auge und begann ein Verhör.

„Wie heißt du?"

Er antwortete: „Ich bin ein Sohn des Friedens."

Der Kommandant befahl dem Schreiber, der neben ihm stand: „Schreibe Ben Schalom." Dann fragte er: „Woher kommst du?"

Der Engel antwortete: „Ich komme aus dem Reich des Lichts."

Der andere erwiderte: „Also von Sonnenaufgang?"

Der Engel meinte: „Man kann es auch so sagen", und freute sich schon, dass er recht verstanden wurde. Der Kommandant diktierte: „Schreibe: von Osten." Dann fuhr er fort: „Du kommst also von jenseits unserer Grenzen?"

Der Engel: „Allerdings, von sehr jenseits eurer Grenzen. Aber was heißt das schon, eure Grenzziehung ist für uns nicht gültig, wir sind überall."

Der Kommandant nickte erstaunt „Das ist sehr aufschlussreich. So viel hat noch keiner freiwillig zugegeben. Ihr seid also viele?"

Der Engel erwiderte: „Ja, wir sind sehr viele, aber das wissen nur wenige von euch."

Darauf der andere: „Wir werden bald mehr darüber wissen" und dem Schreiber befahl er: „Schreibe: einer von vielen, noch unbekannten feindlichen Kundschaftern aus dem Osten, der unsere Grenzen nicht anerkennt."

Der Engel protestierte: „Nein, nicht feindlich, um Himmels willen. Von jenseits der Grenzen zu kommen, ist alles andere als feindlich!" Der Wachtkommandant wies den Protest zurück: „Mir kannst du nichts vormachen. Ich weiß, wer Freund und wer Feind ist. Im Übrigen hast du nichts zu erklären, du hast nur zu antworten ... Du bist also geschickt worden?"

Der Engel fasste neuen Mut und stimmte zu: „So ist es. Ich bin ein Bote."

Der Kommandant griff rasch zu: „Du gibst es zu? Wie lautet dein Auftrag?"

Der Engel wurde verlegen. Ihm wurde bewusst, dass er von sich aus entschieden hatte, auf der Erde zurückzubleiben und menschliche Gestalt anzunehmen. Ein Auftrag war es nicht gewesen. Der andere merkte, wie er zögerte, und fragte nochmals: „Wie lautet dein Auftrag?"

Der Engel antwortete: „Ich sollte mich in der Gegend von Betlehem einfinden und dort mit Menschen des Friedens Verbindung aufnehmen. Alles Weitere würde sich von selbst ergeben."

Der Wachtkommandant besann sich eine Weile und sagte dann: „Man scheint dir bei deinem Auftrag große Freiheit zu lassen. Du musst einer von weit oben sein." Dem Schreiber befahl er: „Schreibe: die Gegend von Betlehem ist Zentrum der feindlichen Tätigkeit. Es werden Spitzenleute eingesetzt."

Der Engel war freudig verwirrt. „Von weit oben" hatte er gesagt. Merkte dieser misstrauische Mensch allmählich, mit wem er es zu tun hatte? Er war so in seine Freude versunken, dass er nicht hörte, was diktiert wurde. Er sah auch nicht, dass der Kommandant einem Soldaten etwas befahl und dieser wegging. Er kam erst aus seiner Freude zurück, als die Tür aufging und der Soldat einige Gefangene hereinbrachte. Der Kommandant stellte sie dem Engel gegenüber auf und fragte ihn: „Kennst du diese Männer?" Der Engel schaute sie an und erkannte sie. Es waren Geschöpfe Gottes, die ihm anvertraut worden waren. Er hatte sie zu gewissen Zeiten begleitet und bewahrt. Er nickte: „Ja, ich kenne sie. Ich war ihnen sehr nahe." Der Vorgesetzte fragte einen nach dem andern. „Kennst du diesen da?" Einer nach dem anderen schüttelte den Kopf und sagte: „Nein, ich kenne ihn nicht." Bevor der Engel noch etwas erwidern konnte, wurden die Gefangenen abgeführt. Der Wachtkommandant trat vor ihn hin und betonte: „Du kennst sie, aber sie kennen dich nicht. Du musstest sie überwachen, nicht wahr? Bei deiner Stellung habe ich nichts anderes erwartet."

„Bewacht habe ich sie, nicht überwacht?", korrigierte ihn der Engel. Aber der andere winkte ab und sagte: „Mir brauchst du nichts zu erklären. Ich bin im Bild. Es passt alles zusammen." Er griff nach dem Blatt des Schreibers und überflog es. „Du gibst zu: Du bist Ben Schalom, stammst aus einem feindlichen Land im Osten, respektierst unsere Grenzen nicht, bist einer von vielen, die uns auskundschaften, du musst als Sonderbeauftragter in dieser Gegend Leute für eure Sache gewinnen und bei der Durchführung eurer Pläne überwachen. Das alles genügt mir."

Der Engel erschrak. So tönte es im Mund eines Irdischen, was er von sich und seinem überirdischen Auftrag erzählt hatte. Er hörte seine eigenen Worte, und doch war alles ganz anders, als er gesagt hatte und als es war. War denn keines seiner Worte recht angekommen? Bekamen bei den Menschen die Worte einen ganz andern Sinn, als sie ursprünglich hatten? Bei den Himmlischen war alles klar, das Wort war geborgen und ruhte in sich und seiner inneren Wahrheit, aber hier fiel es wie ein unbeschützter nackter Vogel aus dem Nest und blieb zerquetscht am Boden liegen. Ihm war bekannt, dass bei den Menschen Worte und Taten auseinanderklafften, die ihm Himmel eins waren, aber dass die Worte selber auseinander brechen könnten, darauf war er nicht vorbereitet gewesen. Ihm wurde es unheimlich zumute. Er war dieser mehrdeutigen Welt nicht gewachsen und sehnte sich in die himmlische Klarheit zurück.

Plötzlich erinnerte er sich seiner Verkleidung und atmete auf. Er brauchte diese menschliche Gestalt nur abzustreifen, um in seinem Glanz vor ihnen zu stehen und aufzufahren. Vielleicht würden sie vor Freude und Ehrfurcht so überwältigt sein, dass sie das Misstrauen ihres

Wesens und die Zwiespältigkeit ihrer Worte erkennten und abschüttelten. Er sammelte sich, lockerte Beine und Schulter, streckte die Arme aus, um sich aufzuschwingen und – fiel in sich zusammen. Die Armen fielen herunter, die Füße waren erdenschwer, der Leib gehorchte dem Willen nicht mehr. Alle Kraft zog ihn nach unten. Er rief verzweifelt nach oben um Hilfe, aber niemand kam. Stattdessen hörte er eine leise Stimme, die sagte: „Bleibe, wie du bist. Du bist einer von ihnen und musst es durchstehen wie sie." Es wurde dunkel vor seinen Augen, und er brach zusammen.

Er kam erst wieder zu sich, als ihn Soldatenhände packten, aufhoben, wegschleppten und auf einen Strohhaufen warfen. „So könnt ihr mich ihnen doch nicht überlassen!", begehrte er nach oben auf. Da hörte er wieder die leise Stimme, die sagte: „Der Friede beginnt heute Nacht auf einem Strohhaufen." Dann fiel er in einen schweren Schlaf.

Er erwachte, als er grob geschüttelt wurde. Er hatte keine Ahnung, wie lange er geschlafen hatte. Er entsann sich nur, irgendwann einmal geträumt zu haben, dass er einen Mann, der neben einer Krippe lag, gedrängt hatte, mit Frau und Kind das Heim zu verlassen und nach Ägypten zu fliehen „Steh auf, du musst zum Kommandanten!!", befahl ihm ein Soldat, zerrte ihn hoch und schob ihn vor sich im Dunkeln her.

Er war ein anderer, dem er vorgeführt wurde. Er kannte sich zwar in den irdischen Rängen nicht recht aus, da er stets nur auf die Herzen achtete, aber er spürte sogleich, dass dieser mehr zu befehlen hatte und der Sache tiefer nachging. Auch der Kommandant schien etwas von der verborgenen Bedeutung des Vorgeführten zu ahnen und schaute ihn aufmerksam an. Dann blickte er auf ein Blatt und sagte: „Du bist kein gewöhnlicher Bote. Du bist von oberster Stelle eingesetzt." Beide nickten einander schweigend zu. Dann fuhr er fort: „Was ist deine Aufgabe?" Der Engel antwortete: „Ich will dem Frieden dienen. Ich habe keine andere Absicht."

Der Kommandant erwiderte: „Das tun wir auch, wir haben auch keine andere Absicht. Wir vertreten überall in der Welt den römischen Frieden. Darin sind wir uns einig. Willst du in unsere Dienste treten? Wir können Leute von deiner Art gut brauchen."

Der Engel hob abwehrend die Hände: „Ihr vertretet euren Frieden mit Gewalt, mit Soldaten, Schwertern und Lanzen. Das ist nicht meine Sache."

Der Kommandant antwortete. „Ich weiß, dass du mit andern Mitteln kämpfst. Aber es kommt auf dasselbe heraus. Da, wo du herkommst. gibt es auch Heere und Waffen. Spiel mir nichts vor!" Er stutzte. Ahnte der andere etwas? Dann erwiderte er: „Es ist ganz anders, als du meinst. Unsere Heere und Waffen sind von geistiger Art und schaden niemandem."

Der Kommandant entgegnete unwillig: „Du bist ein Spion und – was noch gefährlicher ist – ein Schwärmer. Du siehst die Wirklichkeit nicht, wie sie ist. Aber wenn du willst, kannst du auch bei uns mit deinen unblutigen Waffen für den Frieden kämpfen."

Der Engel spürte, wie eine unerwartete Hoffnung in ihm aufkeimte. Er fragte: „Kann ich euren Soldaten den Frieden geben?"

Der Kommandant ging sofort darauf ein: „Warum nicht? Lege ihnen den Frieden in die Seele. Sie haben ihn nötig. In ihren Herzen ist so viel Angst vor dem Tod. Nimm sie ihnen weg und gib ihnen beim Sterben deinen Frieden, das wird für sie eine große Hilfe sein."
Der Engel fuhr auf: „Aber ich werde ihnen dabei etwas ganz anderes ins Herz legen, als du willst, so dass sie die Waffen niederlegen und einen Frieden begehren, der zum Leben und nicht zum Sterben führt. Das werde ich tun, so wahr ich lebe!"
Der Kommandant erwiderte schroff: „Das wirst du nicht tun. Ich sehe, dass du unser Feind bist und bleibst. So wahr du lebst, du wirst noch in dieser Nacht dein Leben verlieren ... Wegführen!" Noch bevor die Soldaten zugriffen, trat der Engel einen Schritt vor und küsste den Kommandanten auf die Stirn.
Als er wieder auf dem Stroh in der Ecke saß, dachte er lange über sein bevorstehendes Ende und seinen misslungenen Friedensweg nach. Noch mehr als das, was mit ihm geschehen sollte, machte ihm bange, dass der Friede den Menschen so unverständlich und fremd blieb. Sie seufzten und schrien zwar nach ihm, aber sobald er unter ihnen zu wirken begann, fürchteten sie ihn. Er machte sie unruhig und unsicher. Lieber verließen sie sich auf ihre hartgetretenen Wege, als sich auf etwas Neues und Werdendes einzulassen. Der Friede war aber doch nicht dazu bestimmt, wie ein schöner Traum über die Erde zu schweben und auf ihr selber nie Fuß zu fassen. Weshalb wurde er den Menschen so schwer gemacht? „Warum steht ihr uns nicht kräftiger bei und treibt das Werk des Friedens unter uns?",

begehrte er nach oben auf. Da hörte er wieder die leise Stimme, die sagte: „Es gibt keinen Frieden ohne Leiden und Opfer. Er fällt nicht vom Himmel auf die Erde. Er wirkt nur durch Menschen, die ihn wollen. Du bist einer von ihnen."

In der letzten Stunde der Nacht führten sie ihn hinaus. Einige Soldaten trugen ein Schwert, andere einen Spaten. Kein Mensch war zu sehen, kein Himmlischer zu spüren. Als sie aus dem Tor hinaustraten, sah er in der Morgendämmerung einen Mann neben einem Esel gehen, auf dem eine Frau mit ihrem Kinde saß. Die Soldaten beachteten sie nicht. Er aber fühlte plötzlich eine seltsame Wärme und eine große Freude und flüsterte vor sich hin „Nur Mut, es geht weiter. Der Friede ist unterwegs."

Dann ging alles sehr schnell. Er spürte den Schlag – und war als Engel des Friedens wieder bei sich. Er stand da und blickte auf die menschliche Hülle, die zu seinen Füßen lag. Er war dankbar für die schmerzliche Erfahrung, die sie ihm in diesen Tagen vermittelt hatte. Niemand nahm ihn wahr. Die Soldaten entfernten sich. Zwei von ihnen blieben mit dem Spaten zurück und hoben ein Grab aus. Er hörte noch zu, wie sie miteinander redeten. Der eine sagte: „Früher habe ich damit meinen Garten umgegraben. Das war eine gute Zeit." Der andere erwiderte: „Und ich habe damit den Boden ausgehoben, um die Grundmauern für ein Haus zu legen. Damals war ich glücklich." Dann gruben sie schweigend weiter.

Er aber machte sich auf den Weg, um die kleine Gruppe einzuholen, die in der Morgendämmerung verschwunden war. Einmal wandte er sich noch um und sah im ersten Licht des Tages, wie zwei Männer mit einem Spaten auf den Schultern die Gegend von Betlehem verließen und, ohne es zu wissen, dem Weg der Frau mit dem Kind folgten.

Werner Reiser

Der Weihnachtstag

Endlich, endlich war der Weihnachtsmorgen da. Marianne leuchtete, und Lotti wischte den letzten Strich aus, den allerletzten! Kaum waren die beiden imstande, sich anzuziehen vor Freude. Und es gab doch noch so viel zu tun. Im Wohnzimmer brannte die Lampe, ringsum auf Tischen und Stühlen war eine prächtige Unordnung von Schuhen, Spielzeug und Kleidern, von Körben mit Äpfeln, Kuchen und allerlei andern Esswaren. Mama richtete Pakete für verschiedene Leute, die sie beschenken wollte. So bekam Theodor Hahn ein paar neue Stiefel, ein Märchenbuch und eine große Tüte voll Backwerk. Für Mischa Zritschek, der immer noch alles Schuhwerk der Familie Turnach sohlte und flickte, hatte Mama Taschentücher und ein Schreibzeug, für seine Mutter Wollenstoff und Kaffee bereit.

„Guten Morgen, Mama ! Mama, es ist Weihnachten!“, kamen die Kinder hereingesprungen und machten sich eilig auch an ihre Pakete. Das war die letzte schöne Arbeit! Marianne hatte für ihre Geschenke weißes Seidenpapier mit rosa Bändchen, Lottis Sachen wurden in Blau gewickelt mit silberner Schnur. Hans aber brachte hellgrüne Bogen und steckte auf alle seine Päckchen kleine Stechpalmenzweige voll roter Beeren, die er von Balbines Bruder, dem Gärtner, erhalten hatte.

Jedes der Kinder war in einer Ecke beschäftigt und schrie laut auf, wenn ein anderes in die Nähe kam. Lotti legte sich immer mit der ganzen Länge auf ihre Herrlichkeiten, um sie zu verbergen.
Der kleine Werner erschien nun ebenfalls und lief mit seinen dicken grauen Springerlein von einem zum andern, dass man ihm auch schöne Pakete daraus mache, was die gute Marianne dann tat.
Gegen Mittag wurde es immer geheimnisvoller im Hause. Mama schloss die Wohnstube ab, und ins Schlafzimmer durfte man auch nicht mehr. Man aß droben in der blauen Stube; doch niemand hatte Zeit, lange am Tisch zu sitzen. Die Kinder wurden hinaufgeschickt auf den Boden, wo sie oft nach dem Essen spielten; aber heute hielten sie es nicht aus dort droben.
„Geht hinunter zu Papa", sagte Mama, „und fragt, ob er Zeit hat, mit euch spazieren zu gehen!"
„Ja, Mama, ja! Und wenn wir heimkommen, ist Weihnacht da!"
Jedes Jahr machte Papa mit den Kindern vor der Bescherung einen weiten Spaziergang hinauf durch den Wald und dann hinunter in die Seeweid zu Frau Völklein. Es mochte noch so kalt sein, dieser Spaziergang wurde gemacht, und die Kinder sagten, er sei der allerschönste im ganzen Jahr.
Als die vier Kinder – Werner war diesmal auch dabei – mit Papa das Haus verließen, kam Theodor Hahn mit glücklichem Gesicht über den Kornplatz, um sein Paket bei Frau Turnach zu holen.
„Aber noch nicht aufmachen, gelt?" mahnte ihn Marianne.

„Nein, erst am Abend!“, versicherte Theodor. „Ich bekomme ein Christbäumchen!“
Unter der Türe der Apotheke standen Rudolf und Sylvia.
„Freut ihr euch auch so schrecklich?“, rief ihnen Hans zu.
„Ja, furchtbar!“, antwortete Sylvia, die mit dem ganzen Gesicht lachte. „Bei uns kommt das Christkind schon um fünf Uhr!“
Auf der Brücke liefen die Leute rasch und geschäftig aneinander vorbei, Frauen mit Körben, Männer und Knaben mit grünen Christbäumen auf den Schultern, neu lackierten Puppenwagen oder Schlitten. Jedes Mal, wenn Lotti so etwas Ahnungsvolles erblickte, stampfte sie vor Vergnügen mit beiden Füssen.
„Die friert auch“, sagte ein Bäcker an der Kramgasse, der mit einem Blech voll frisch gebackener Stollen aus dem Laden trat.
„Nein, ich freu mich bloß so!“, rief Lotti.
Als man aus der Stadt heraus auf die Höhe kam, wurde es stiller. In dem tiefen Schnee sah man nur einzelne Fußtapfen. Es war das prächtigste Weihnachtswetter. Am Himmel zogen leichte weiße Wolken daher, aus denen der Schnee in feinen Flocken oder einzelnen Sternchen herunter schwebte. Dazwischen war wieder der blaue Himmel sichtbar, und die Sonne schien auf die beschneiten Abhänge. Die ganze Luft war wie Silber.
Am Waldeingang standen hohe Tannen, deren Äste sich unter der Last des Schnees senkten.
„Papa“, sagte Marianne, „wie das schön ist, durch den prächtigen Wald zu gehen und dabei an das andere Schöne zu denken, das am Abend kommt!“

Lotti war ein Stück voraus und sagte mit lauter Stimme ihr Weihnachtslied in die glitzernde Luft hinaus.
In den Tannen piepten die Meisen. Auf einem Ast saß ein Eichhörnchen und guckte neugierig zu den Kindern herunter. Werner, der so ein Schwanztier, wie er es nannte, noch nie gesehen, hatte seine helle Freude.
„Komm! Komm! Ich schenk dir etwas!", rief er und streckte ein Anisspringerlein zu der Tanne hinauf.
Papa aber zog seine Uhr. „Vorwärts, Kinder! In drei Stunden brennt schon der Christbaum!"
Da ließen die Kinder Meisen und Eichhorn und fingen auf einmal an so zu eilen, dass Papa kaum nachkam und Werner Trab laufen musste.
Die Seeweid lag einsam und verschneit. Aber als Frau Völklein die Turnachkinder die Treppe herauf stampfen hörte, kam sie aus ihrer Tür.
„Grüß Gott, grüß Gott, Kinderlein! So kalt und in dem tiefen Schnee! Ja, und das Wernermännchen auch! Mit ganz rotem Näschen! Gewiss habt ihr nasse Füße bekommen! Grite soll euch die warmen Schuhe bringen!"
Die Kinder zogen bereitwillig ihre Schnürstiefel aus. Sie wussten das vom vergangenen Jahr. Es war sehr lustig, in den viel zu weiten Hausschuhen herumzufahren wie in Kähnen. Dann aber setzte man sich an den Tisch zu einem warmen Tee und Bretzeln, und es schmeckte gar prächtig nach dem langen Spaziergang. Der Tee bei Frau Völklein gehörte durchaus zu den Weihnachtsfreuden der Turnachkinder. Fritz war nicht da; aber er wurde eingeladen, sich an einem der Feiertage die Bescherung anzusehen. Die Bescherung! Die Kinder standen vom Tische auf. Sie konnten heute nirgends lang ruhig blei-

ben; sie schifften in ihren Hausschuhen auf den Gang hinaus zum Fenster.
Unter weißer Decke lag der Garten, die Seemauer und der Landungssteg; das Schiff war aufs Ufer gezogen unter ein Bretterdach. Alles sah aus, als ob es schlafe in dem tiefen Schnee. In der Küche saß Jakob bei seinem Abendbrot.
„Jakob, heut ist Weihnacht!", riefen die Kinder.
„Ja", sagte er und steckte das letzte Stück Brot in den Mund.
„Hast du dich auch so schrecklich gefreut, als du ein Bub warst?"
„Ja, ja, schon. Christbäume waren jedoch bei uns im Dorf nicht Brauch."
„Aber du hast doch etwas bekommen? Was hast du bekommen?"
Jakob besann sich. „Eine kleine Stadt hat's einmal gegeben zum Aufstellen. Und dann jedes Jahr ein paar Winterstrümpfe und einen großen Birnenweggen." Er klappte sein Taschenmesser zusammen.
„Du, Jakob", fing Lotti die Unterhaltung wieder an, „ich finde es schrecklich traurig, eine Kuh zu sein."
„Lotti, wie kommst du denn darauf!", riefen Hans und Marianne.
„Ja, ich meine es im Ernst. Jetzt stehen die Kühe im Stall und wissen gar nichts von Weihnacht. Und heut Abend bekommen sie bloß Heu, wie wenn es ein gewöhnlicher Tag wäre."
„Das ist auch am besten für sie", versetzte Jakob. „Und außerdem – etwas haben die Kühe vielleicht doch. Sie hatten vor acht Tagen die Thomasnacht."

„Die Thomasnacht?“ fragten die Kinder. „Was ist in der Thomasnacht?“
Jakob zögerte ein wenig. „Bei uns daheim sagen manche Leute, in der Thomasnacht können die Tiere sprechen.“
„Jakob“, rief Hans. „Das glaubst du aber doch nicht!“
„Nein, natürlich – eigentlich nicht. Aber für die Thomasnacht richt' ich den Stall doch immer besonders schön her – man weiß nicht – und ich möcht's den Kühen gönnen, wenn sie auch einmal im Jahr das Maul auftun dürften!“
„Ja, das wäre nett für sie“, rief Lotti. „Und es könnte doch wahr sein! Jakob, geh in der Thomasnacht einmal in den Stall und hör zu!“
„Nein, das darf man nicht! Der Großvater hat immer gesagt, er glaube, der heilige Thomas gehe dann durch die Ställe und höre, was die Tiere zu erzählen haben, und wenn sie klagen, dass man schlecht mit ihnen umgehe, so sage der heilige Thomas es nachher dem lieben Herrgott.“
„Und dann?“, fragte Lotti.
Aber nun brachte Grit die Stiefel, die sie mit heißem Sand getrocknet hatte. Eilig und freudig schlüpften die Kinder hinein.
Als man unter den kahlen beschneiten Birnbäumen den Weg hinaufging, fing es an zu dunkeln. Droben an der Straße brannten schon die Laternen.
Werner marschierte tapfer neben Papa her und hüpfte von Zeit zu Zeit an ihm auf: „Papa, ich schenk dir auch etwas!“
„Ja, wenn ich doch wüsste, was das ist!“, sagte Papa.

„Tu raten, Papa!"
Also fing der gute Papa an zu raten: „Einen Schlafrock? Einen Zylinderhut? Eine Kutsche? – Aha, jetzt weiß ich: Einen Luftballon?"
Und der kleine Bursche lachte jedes Mal laut auf: „Nein, Papa! Nein!" Auf diese Weise kam er vorwärts, ohne etwas von Müdigkeit und Kälte zu fühlen.
Die drei Großen gingen hinterdrein.
„Was ist denn?", rief Papa zurück, als er einen lauten Schrei hörte.
„Nichts, Papa!" antwortete Marianne. „Wir mussten bloß ein bisschen schreien, weil wir es fast nicht mehr aushalten!"
Zu Hause saß Großmama schon in der blauen Stube. Onkel Alfred war auch da und ging auf und ab.
„Gelt, Onkel, man kann es fast nicht erwarten", sagte Lotti. „Um sechs Uhr läutet's. Wie lang dauert das noch?"
„49 Minuten, 37 und eine halbe Sekunde", sagte der Onkel auf die Uhr schauend. Dann aber setzte er sich ans Klavier und spielte schöne Akkorde. Es klang, als ob Weihnachtsglocken läuteten.
Endlich kam auch Mama mit dem Schwesterlein auf dem Arm und Papa.
Nun sollte Marianne mit ihrem Lied beginnen. Sie drückte die Hände einen Augenblick ineinander und spürte ihr Herz klopfen. Es war so feierlich, wie alle da still im Kreis saßen. Aber dann fing sie an: „Du lieber, heil'ger, frommer Christ …" Sie sprach die Verse gut und ohne Stocken.
Lotti auch. Nur einmal mahnte Mama leise: „Nicht so schnell, Lotti!"

Als Hans das schöne Weihnachtsevangelium von den Hirten und dem Lobgesang der Engel aufgesagt hatte, stimmte Onkel Alfred am Klavier das liebe alte Lied an: „O du fröhliche, o du selige, Gnaden bringende Weihnachtszeit …“

Alle sangen mit. Papas und Onkel Alfreds Stimmen klangen wie Orgeltöne.

Dann aber vernahm man plötzlich einen andern Ton: Das helle Weihnachtsglöcklein läutete unten, so stark es vermochte.

„Mama, jetzt – jetzt –!“

Mama nickte lächelnd. „Ja, jetzt!“

Die Kinder stürzten hinaus und die Treppe hinunter. Die Türe des Weihnachtszimmers war weit offen. Einen Augenblick blieben alle vier wie geblendet stehen. Strahlend stand der hohe Christbaum da mit seinen Lichtern, seinen farbigen Kugeln, goldenen Nüssen und dem funkelnden Flitter, der über den Ästen hing. So vertraut und doch so zauberhaft, so unbegreiflich schön!

Dann aber machte sich Werner von Mariannes Hand los. „Oh, oh, Kühe!“, rief er in höchstem Jubel und lief in die Ecke, wo man auf einem niedrigen Tischchen seine Sachen aufgebaut hatte.

Und nun war der Bann gebrochen. Hans erblickte seinen Platz rechts vom Christbaum. „Oh, oh!“, rief auch er und zog einen Schlitten heraus, einen festen Schlitten aus schönem glattem Holz, genau wie er sich ihn gewünscht hatte! „Marianne, sieh wie lang! Da können wir zu dritt sitzen!“

Doch Marianne hörte nicht; sie hatte schon ihre Schlittschuhe in der Hand, ein Paar prächtige Schlittschuhe, ganz wie die von ihrer Freundin Lily! Marianne wollte sich gleich hinsetzen, um sie an ihrem Fuß zu messen; aber ihre Augen überflogen den Tisch und erblickten neben allerlei Paketen einen Muff und Pelzkragen, und dahinter stand die Puppenstube neu hergerichtet, mit weißen Vorhängen und grünem Tischteppich, drei neuen Puppenkindern und einem Papa in brauner Hausjoppe mit einer Zeitung, und am Fenster war ein Blumentisch. Nein, diese Seligkeit!

„Lotti, sieh doch!"

Lotti kniete indessen in lautem Entzücken vor einer Wiege, in der ein Wickelkind schlief, mit blonden Härchen und weißem Kittelchen.

„Es macht die Augen auf und zu! O, du Schatz!", rief sie und küsste die Puppe und sah dann hinten über der Wiege den Kramladen! Frisch gestrichen und lockend stand er da mit Quittenwürstchen und Schokoladeschinken, mit Glasbüchsen voll Zuckererbsen, mit kleinen Brotlaiben und einer Menge weißer Tüten. Das Wickelkind im Arm, machte sich Lotti jauchzend an den Laden.

Am lautesten aber ging es in Werners Ecke her. Er kreischte geradezu vor Freude über seine Kühe und riss an Onkel Alfred, bis dieser sich zu ihm auf den Boden setzte, um die Tiere anzusehen.

„Die heißt – Dachs!", schrie Werner. „Und die ist die böse, die heißt Bär! Und das ist der Bless!"

Dann lief er hinter den Ofen und erklärte dort dem Pferd, dass es Platz machen müsse, weil jetzt Kühe kommen. Es war auch ein Heubündel da. Werner hatte so zu tun, dass er die Schachtel mit dem Dorf und das Bilderbuch noch gar nicht betrachten konnte.

Hans wusste ebenfalls nicht, wohin sich wenden. Da war ein Buch, das hieß „Das Wunderland der Pyramiden“ und hatte eine Menge Bilder von Kriegern, Denkmälern, seltsamen Göttern und Felsengräbern. Das andere Buch trug den Titel „Sigismund Rüstig“.
„Marianne, das ist ja die prächtige Geschichte, aus der Papa uns schon erzählt hat!“
Aber im selben Augenblick rief Marianne: „Hans, Lotti! Seht doch den Christbaum wieder an, wie schön er ist!“
Ja, wenn man nur alles zugleich hätte bewundern können! Das Schwesterlein nahm sich am meisten Zeit für den Christbaum. Auf Mamas Arm guckte es mit weit offenen Augen unverwandt in die Lichter und fuhr mit den kleinen Fäusten auf und ab vor Erstaunen und Freude.
Balbine, Sophie und Ulrich waren auch hinzugetreten, und da sah man erst, dass Ulrich etwas in der Hand hielt, ein Geschenk für die Kinder, ein Schiff, das er an den Abenden und Sonntagen aus Holz geschnitzt hatte.
„Nein, so etwas Feines, Ulrich!“ jubelten die Kinder.
Es war weiß, blau und rot gestrichen und hatte ein Segel und ein bewegliches Steuerruder. Das Ganze war so kunstvoll und sauber gemacht, dass auch die Großen es bewunderten.
„Ulrich, Sie sind ja ein Schiffbauer erster Güte“, sagte Onkel Alfred. „Sie gehören auf eine Werft und nicht in die Garnkammer!“
Ulrich lachte verlegen. Er hatte auch einen Gabentisch und freute sich besonders über Lottis Pulswärmer. Aber vergnügt sah er immer wieder hinüber zu Hans, der das schöne Schiff auf seinen Tisch stellte, mitten unter die

Herrlichkeiten, die noch gar nicht alle entdeckt waren. Da gab es ein Taschenmesser, warme Winterhandschuhe, ein Reißzeug, mit dunkelblauem Samt ausgeschlagen, einen Rucksack mit allerlei nützlichen Nebentaschen. Es war fast zu viel. Hans zog Marianne mit Gewalt herüber, dass sie ihm helfe bewundern.
„Ja, Hans, prachtvoll! Reizend!", stimmte Marianne ein. „Aber komm, sieh meinen Malkasten an! Bitte, nur den! Es sind fünfzehn Farben und vier Pinsel!"
Hans besichtigte den Malkasten. Als er aber gleich wieder zu seiner Bescherung hinüberlief, holte sich Marianne Balbine, damit sie helfe, das Kommödchen von Großmama zu betrachten, und die hübsche Schürze, die Zopfbänder, die Gamaschen und das Buch, das „Roland und Elisabeth" hieß, und gewiss wunderschön zu lesen war.
Lotti hatte sich Ulrichs bemächtigt. Er musste das Wickelkind besehen, die gefüllte Federschachtel, den kleinen Pumpbrunnen, den Baukasten und den Regenschirm mit einer Troddel wie der von Mama!
Der fröhliche Lärm wurde immer größer, da nun Papa und Mama, Großmama und Onkel Alfred auch an ihre Tische getreten waren und mit Ausrufen der Freude und Überraschung ihre Geschenke entgegennahmen. Die Kinder liefen von einem zum andern und standen gespannt dabei, wenn ihre kleinen Pakete aufgemacht wurden.
„Alles Blaue mit Silberschnur ist also von mir!", verkündete Lotti.
Mama wickelte das Rumpelstilzchen aus. Großmama war entzückt über Hansens rosa Pappschachtel, in der

Mariannes Blumenkarten lagen. Papa aber entdeckte Werners großartiges Geschenk.
„Gelt, Papa, das hast du nicht erraten können!“, triumphierte der Kleine, und ruhte nicht, bis der arme Papa ein Stück von dem dicken grauen Springerlein versuchte.
Dann machte Onkel Alfred mit vielen Umständen Mariannes und Lottis Päckchen auf und hob behutsam den Tintenwischer heraus.
„Toll!“
„Für die Tinte!“, sagte Lotti und sah den Onkel stolz an.
„Tinte –“, wehrte dieser. „Nein, dafür ist dieses Kunstwerk zu kostbar! Höchstens meine Tränen wische ich damit ab.“
„Ach, Onkel, du weinst ja nie!“, riefen Marianne und Lotti belustigt.
„Nie! Wo ihr mir grade jetzt Tränen der Freude und Rührung entlockt!“
Und Onkel Alfred fuhr sich mit dem Tintenwischer über die Augen, dann aber befestigte er ihn an seinem Knopfloch und erklärte, er werde ihn als Verdienstorden tragen.
In dem Getümmel schoss auch noch Schnauzel hin und her, aufgeregt durch die Lichter, den Lärm und die Wurst, die er geschenkt bekommen hatte. Papa hatte ihm die Hälfte davon gegeben und die andere in die Höhe gehalten.
„Du begreifst, Schnauzel“, hatte er gesagt, „wenn du sie jetzt frisst, so hast du morgen nichts mehr.“
„Wau!“, bellte Schnauzel und wedelte heftig mit dem kurzen Schwanze, was jedenfalls heißen sollte:

Ja, ich begreife, aber ich will sie doch gern heut noch! Worauf Papa ihm das zweite Stück aushändigte, damit auch er an diesem Abend seine ganze Freude habe.
Die gute Mama und Sophie machten es möglich, dass man im Weihnachtszimmer zu Nacht essen konnte. Man ließ sich's gut schmecken, aber das Beste war doch, dass man hinter sich alle die wunderschönen Sachen wusste. Ja, man durfte, was sonst verboten war, mitten vom Essen weglaufen, zur Puppenstube, zum Schlitten und Schiff, zum Wickelkind, zu den Kühen und zu den Körbchen mit Backwerk, die auf den Gabentischen standen und aus denen man sich ein paar recht feine Stücke zum Nachtisch aussuchte.
Schrecklich aber war es, als Mama anfing, vom Schlafengehen zu sprechen.
„Mama, wenn man doch die Betten da heraus zum Christbaum stellen könnte!", rief Lotti.
Zum Glück hielt das Gutnachtsagen und das Danken die Kinder noch ein Weilchen im Zimmer zurück. Man hatte für soviel zu danken!
Werner lief auf Papa zu.
„Papa, hast du dem Christkind gesagt, dass es mir die Kühe schenken soll?"
„Ja, Wernermann."
„Dann geb' ich dir für jede einen Kuss!"
Und der Kleine rannte eifrig hin und her zwischen Papa und seinen Kühen, damit es nur ja richtig werde mit den Küssen.
Er wäre nie fertig geworden, wenn Sophie ihn nicht endlich gepackt hätte. Glücklich erwischte er aber noch den „Dachs" und behielt ihn fest im Arm bis in den

Schlaf hinein. Lotti stellte ihr „Schatzkind“ mit der Wiege neben ihr Bett. Hans legte sein „Land der Pyramiden“ und den „Sigismund Rüstig“ unter das Kopfkissen, damit er auch im Schlaf die beiden Bücher spüre, und Marianne hängte ihre Schlittschuhe an den Bettpfosten, wo man sie bei jeder Bewegung klirren hören konnte.

Nach der Spannung und der Freude des Tages schlummerten die Kinder bald ein. Aber in der Nacht, als es im Hause ganz still geworden war, erwachte Marianne, und es überkam sie eine unbezwingliche Lust nach dem Weihnachtszimmer.

„Lotti“, flüsterte sie, „Lotti, ich muss hinübergehen und den Christbaum ansehen!“

„Ich auch“, sagte Lotti, und beide stiegen aus ihren Betten und schlüpften hinaus ins Wohnzimmer.

Es war nicht ganz dunkel. Das Laternenlicht vom Kornplatz fiel auf den Christbaum, von dem ein feiner Tannenduft ausströmte. Zwischen den Zweigen leuchteten die vergoldeten Nüsse und die kleinen weißen Zuckerherzen. Die feinen Silberfäden, die über den Ästen hingen, zitterten leise. Hoch oben an der Spitze des Christbaums aber glänzte der große Stern.

Marianne und Lotti hielten sich an der Hand.

„Marianne“, flüsterte Lotti. „Es ist ganz sicher, dass es ein Christkind gibt. Wer könnte sonst so etwas Wundervolles wie einen Christbaum ausdenken!“

„Kinder, Kinder!“, rief jetzt auf einmal Mama aus ihrem Zimmer. „Meint ihr, ich hätte euch nicht gehört? Seid vernünftig und geht nun schnell in euere warmen Betten!“

Mamas Stimme tönte aber sehr freundlich und fröhlich. Gewiss war Mama einst als Kind auch hinausgehuscht ins Weihnachtszimmer, um zu sehen, wie schön und geheimnisvoll der Christbaum bei Nacht war.

Ida Bindschedler

Quellenverzeichnis

TEXTE

Backhaus, Arno: Einsteigen in die göttliche Rettungskapsel, aus: Thomas Klappstein (Hg.), Weihnachtswundernacht © 2012 by Joh. Brendow & Sohn Verlag GmbH, Moers, www.arno-backhaus.de

Bernhard, Fritz: Der unkorrekte Tannenbaum, aus: Margarete Drachenberg (Hg.), Das große Weihnachtsbuch, Berlin 2011, Eulenspiegel Verlag © beim Autor

Brecht, Bertolt: Die gute Nacht, aus: ders., Werke. Große kommentierte Berliner und Frankfurter Ausgabe, Band 13: Gedichte 3. © Bertolt-Brecht-Erben / Suhrkamp Verlag 1993

Ehrhardt, Simone: Niklas, aus: dies., Das wundersame Weihnachtsgeschenk. 24 Hoffnungsgeschichten für den Advent. SCM Collection im SCM Verlag GmbH & Co. KG Witten 2011

Gralle, Albrecht: Die wunderbaren Schaufenster, aus: ders., Josef steigt aus © 2000 SCM Collection im SCM-Verlag, Witten

Hüsch, Hanns Dieter: Der Baum, aus: Hanns Dieter Hüsch/Marc Chagall, Das kleine Weihnachtsbuch, Seite 34ff, 2011/14 © tvd-Verlag, Düsseldorf, 1997

Knapp, Andreas: Rede des Esels von Betlehem an das Jesuskind, aus: ders., Mit Engeln und Eseln. Weise Weihnachtsgeschichten, © Echter-Verlag Würzburg 2013

Knapp, Andreas: Wie der heilige Nikolaus die Mitra erfunden hat © beim Autor

Kuhn, Johannes: Das Licht war schneller © beim Autor

Lang, Othmar Franz: Der geplünderte Christbaum © Andreas Lang

Maar, Paul: Der doppelte Weihnachtsmann, aus: Barbara Homberg (Hg.), Warten auf Weihnachten, Friedrich Oetinger Verlag, Hamburg © beim Autor

Malessa, Andreas: Ankunft in 24 Minuten, aus: Thomas Klappstein (Hg.), Weihnachtswundernacht. 24 Erzählungen für die schönste Zeit des Jahres, Brendow, Moers 2012 © beim Autor

Menze, Günter: Unser allerschönster Tannenbaum, aus: Antje Erdmann-Degenhardt (Hg.), Marzipan und Glockenklang. Weihnachten in Schleswig Holstein, Erfurt Sutton 2012 © beim Autor

Michels, Tilde: Als die Großmutter mit dem Nikolaus sprach, aus: Michaela Heitmann, Mein großes Weihnachtsbuch.24 Bastelideen, Lieder und Geschichten, Esslinger Verlag. © bei der Autorin

Reiser, Werner: Der verhaftete Friedensengel © beim Autor

Riehl-Heyse, Herbert: Verrückt nach Mary, aus: Marlene Neumann, Marlene Fritsch (Hg.), Wie das Christkind in die Windeln kam und andere ungewöhnliche Geschichten, Matthias-Grünewald-Verlag, Ostfildern 2012 © Gabriele Riehl

Tellkamp, Uwe: Wer hat den schönsten Weihnachtsbaum, Textauszug aus: Uwe Tellkamp, Der Turm. Geschichte aus einem versunkenen Land. Roman. © Suhrkamp Verlag Frankfurt am Main 2008. Alle

Rechte bei und vorbehalten durch Suhrkamp Verlag Berlin
Weiand, Inken: 10. Dezember [Es ist Montag ...], aus: Inken Weiand, SMS von oben, Kindergeschichten für jeden Adventstag, © 2012 mediaKern GmbH, Wesel
Wolf, Friedrich: Die Weihnachtsgans Auguste, aus: ders., Gesammelte Werke in sechszehn Bänden (Hg. v. Else Wolf, Walther Pollatschek), 1960–1968, Band 14: Märchen, Tiergeschichten und Fabeln © Aufbau Verlag GmbH & Co. KG, Berlin 1961; Aufbau ist eine Marke der Aufbau Verlag GmbH & Co. KG

Bilder
Cover: unter Verwendung eines Motivs von
© zeit4men/Fotolia.com;
Paginierung: © Artenauta/Fotolia.com;
Illustrationen: S. 7, 120: © Tolchik/Fotolia.com;
S. 8, 14, 19, 27, 33, 38, 43, 55, 57, 69, 75, 83/84, 96, 101, 106/107, 110/111, 114, 118, 121, 125, 129, 132, 142: © Actomic/Fotolia.com;
S. 54, 68, 117, 124,: Quality Vectors/fotolia.com

Wir danken allen Inhabern von Text- und Bildrechten für die Abdruckerlaubnis. Der Verlag hat sich bemüht, alle Rechteinhaber in Erfahrung zu bringen. Für zusätzliche Hinweise sind wir dankbar.